Dominação e Submissão Erótica Vol. 2

Erika Sanders

Dominação e Submissão Erótica Vol. 2

Erika Sanders
Serie
Coleção Dominação Erótica

Imagem da capa: @ krivitskiy- Pixabay, 2024

Primeira edição: 2024

Sinopse

Este volume contém três títulos BDSM românticos e eróticos de alto conteúdo.

Escravo submisso:

Nós nos conhecemos na outra noite.

Eu criei uma sala com um tópico sobre como procurar uma Dominatrix na área certa e, depois de algumas horas, Lucy entrou e começamos a conversar sobre o que gostamos e o que não gostamos sobre a situação e o tópico.

Trocamos imagens ... nada ousado, apenas fotos nossas em trajes normais no começo.

Lucy então me pede para lhe enviar uma lista dos meus limites ... uma lista completa do que eu não faria e do que eu queria fazer ...

Susan escrava:

Susan adorava agradar seu Mestre e Ele sempre fazia tudo perfeito entre eles.

Susan saiu da cama e enroscou os cabelos em um broche enquanto caminhava para o banheiro.

Pendurado em um poste de gancho amarrado na parte de trás da porta estavam o vestido, as meias e os sapatos que o mestre Robert havia escolhido para ela usar.

Não havia roupa íntima.

Susan sorriu, depois lavou o rosto, escovou os dentes e, antes de voltar para o quarto, abriu a gaveta da cômoda, tirou as bolas chinesas e tirou a calcinha fio dental com a qual dormira ...

Escravo submisso, Susan escrava e **Despir-se, eu te ordeno** são histórias com forte conteúdo erótico em BDSM e, por sua vez, também pertencentes à coleção Dominação Erótica, uma série de romances com alto conteúdo em BDSM.

(Todos os personagens têm 18 anos ou mais)

Nota sobre a autora

Erika Sanders é uma escritora internacionalmente conhecida, traduzida em mais de vinte idiomas, que assina seus escritos mais eróticos, longe de sua prosa usual, com seu nome de solteira.

Índice:

DOMINAÇÃO E SUBMISSÃO ERÓTICA VOL. 2 ERIKA SANDERS

ESCRAVO SUBMISSO

CAPÍTULO I

Onde diabos ela estava?

Foi o que ele pensou, sentado a uma mesa para duas pessoas no refeitório de uma rua principal fora da cidade.

Eu já tinha tomado duas xícaras de café e já havia passado mais de uma hora do que havíamos combinado ontem e, caramba, eu precisava fazer xixi.

Sem saber se deveria ficar ou ir embora ou o que seja, finalmente me convenci de que ele havia me deixado de pé e decidi ir me aliviar.

Que porra de perda de tempo e este é apenas mais um golpe no meu ego ... aconteceu muito perto da outra vez, eu deveria ter suspeitado, pensei quando me levantei da mesa e fui para o banheiro masculino.

Nós nos conhecemos na outra noite.

Eu criei uma sala com um tópico sobre como encontrar uma Dominatrix na área certa e, depois de algumas horas, Lucy entrou e começamos a conversar sobre o que gostamos e o que não gostamos sobre a situação e o tópico.

Trocamos imagens ... nada ousado, apenas fotos nossas em trajes normais no começo.

Gostamos do que vimos e decidimos nos encontrar na cafeteria hoje cedo no sábado pela manhã ... na verdade, muito cedo ... às 6h15.

Lucy então me pede para lhe enviar uma lista dos meus limites ... uma lista completa do que eu não faria e o que eu queria fazer.

Ela também me mandou enviar todas as minhas medidas para ela; tudo, desde o comprimento do meu pau quando eu estava ereto até o tamanho do meu sapato.

Então, mais tarde, ele me pediu para enviar fotos do meu pau, como normalmente pendurado e também com uma ereção completa.

Ele tinha feito tudo, mas caramba, ele acabou aqui, sozinho, no banheiro da cafeteria.

Saí da lanchonete e fui para o meu carro, que ficava nos fundos do estacionamento, onde eu havia dito a Lucy que estacionaria e também havia dado a ela meu número de registro ao mesmo tempo.

Quando abri a porta, a janela do lado do passageiro de um SUV preto estacionado ao meu lado começou a rolar.

"Peter, você está?" uma voz feminina disse suavemente.

Eu o deixei saber que era eu.

"Desculpe, mas eu tinha que ter certeza de que você era a pessoa que realmente disse que era."

Olhei para o motorista e meu coração começou a bater a um ritmo fantástico.

Ela era Lucy e estava linda ... com um casaco de couro e botas de couro altas.

Seu casaco de couro estava desabotoado na parte inferior, revelando as coxas nuas e um pouco de couro acima delas, mas eu não tinha certeza do que exatamente era o couro, mas serviu ao seu objetivo de me emocionar.

"Onde diabos você estava? Eu esperei por você por mais de uma hora." Eu deixei ir quando olhei para suas botas e senti meu pau começar a prestar atenção à situação.

"Agora, Peter, apenas diga como se sente. Se você ainda estiver interessado em me conhecer, você me seguirá até minha casa agora. Quando chegarmos lá, você entrará na garagem no espaço ao lado do meu carro. Você entende aquele garoto?"

Antes que eu pudesse responder, a janela se fechou e o SUV saiu do estacionamento e começou a sair.

Minha ereção morreu no mesmo lugar em tempo recorde.

O que devo fazer, o que devo fazer?

Maldição.

Eu pulei no meu carro e corri atrás dela esperando que não fosse tarde demais.

"Onde ela está?" Eu disse para mim mesma quando me aproximei da saída ... "Lá, ele virou à direita; ele está indo para o oeste."

Tentei manter o ritmo e mantê-lo à vista sem acelerar, pois essa estrada era conhecida por seus radares de velocidade.

Eu a vi quando ela repentinamente passou por uma luz âmbar, forçando-me a parar e vê-la desaparecer.

"Puta ... ela fez de propósito", eu gritei para ninguém.

Esperei que a luz ficasse verde pelo que pareceu uma eternidade, depois comecei o mais rápido possível de uma maneira permitida, acreditando que a havia perdido.

"Lá está ela, vá em frente." Eu gritei comigo mesma ... ela deve ter sido pega no trânsito ou talvez tivesse parado.

Eu a segui logo após essa parada e, alguns quilômetros depois, ela finalmente virou à direita em uma estrada lateral, conhecida por suas casas caras e excelentes vistas, pois eram lotes à beira de um lago.

Estávamos dirigindo a uma velocidade muito mais lenta.

Você provavelmente não quer que os vizinhos percebam nada, pensei.

Então ela virou à direita em uma estrada que tinha uma casa enorme no final e a primeira coisa que pensei foi que ela estava perdida ... mas ela foi até a garagem e abriu a porta antes de eu chegar lá.

Ela deixou o carro no lado esquerdo e eu dirigi ao lado dela no lado direito.

Assim que entrei na garagem quando a porta começou a fechar, desliguei o carro e saí.

Ela abriu uma porta da casa principal e fez um sinal para eu segui-la, o que eu fiz, mas hesitante.

Limpei meus pés em uma esteira, entrei em casa e fechei a porta atrás de mim.

Então me virei para olhar para Lucy.

"Você sabe que mora a oito quilômetros de mim ..."

Tapa ... Tapa ... Tapa ... ela bateu minhas bochechas com força.

"Como ousa falar comigo do jeito que falou? Você nunca mais vai me questionar, um pedaço de merda inútil como você! Você me entende, Peter?"

Eu estava em choque, por não ter esperado isso.

"Sim, eu acho"

Ele me agarrou pela frente da minha camisa ... tapa, tapa ... tapa.

Ela me bateu de novo e desta vez tentei me proteger e agarrei seu pulso ... apenas por um reflexo, mas percebi que era uma bobagem e rapidamente a soltei.

"Oh merda, eu estou ferrado", pensei e esperei que ela me dissesse para ir.

"De joelhos AGORA Peter!" ele disse em voz alta quando agarrou meu cabelo e me forçou a cair.

"Você ganhou um pouco de punição, escrava." Ela disse.

Ela me chamou de escrava e eu pensei que ela estivesse fazendo isso há vinte minutos.

Meus joelhos estavam juntos, minhas mãos estavam de ambos os lados, para me firmar e eu estava olhando para ela.

Ela olhou para mim e depois me chutou com força onde meus joelhos se tocaram.

"Afaste os joelhos, cadela!"

Eu fiz o que me disseram.

Então ele colocou a ponta do pé direito no meu pau e apertou com força.

"Não esqueça de novo, Peter. Além disso, abaixe a porra da cabeça e olhe para o chão. Coloque as mãos nas coxas, palmas para cima, na posição adequada para um escravo."

"Você ganhou quinze chicotadas de escravos que receberá quando nossa sessão começar. Cinco são por serem insolentes quando você me perguntou onde diabos eu estava. Cinco são por responder incorretamente, não falando respeitosamente comigo e não me chamando de Senhora ou Lucy. Você sempre o fará. quando você não está em público, isto é, em um carro ou em uma casa ... aqui ou em uma sala particular. Cinco são para me tocar sem aprovação quando você agarrou meu pulso. Se você fizer de novo, você será punido mais além dos seus limites, já que devo me proteger. Você entende por que está sendo punido, Peter? "

Olhei para o rosto dela o melhor que pude e disse:

"Sim, eu entendo".

Ela me agarrou com força pelos cabelos e olhou nos meus olhos.

"Serão mais cinco chicotadas por me desobedecer, olhando para cima e mostrando desrespeito por não se referir a mim como senhora. Você me entende, Peter?"

Baixando os olhos e a cabeça o melhor que pude, embora ela ainda estivesse me segurando pelos cabelos, eu disse:

"Sim, senhora Lucy, eu entendo."

"Ontem discutimos que você se tornou minha penitente e minha escrava sexual e que precisava de treinamento. Está correto, Peter?"

"Sim senhora, está correto."

"Você declarou que seus limites não eram adolescentes ou menores, ou sangue, alfinetes, agulhas ou marcas permanentes. Está correto, Peter?"

"Sim senhora, está correto."

"Você se limpou esta manhã com o método de enema rápido que discutimos?"

"Sim, senhora Lucy, eu fiz exatamente como você me disse."

"Você ainda está interessado em se tornar meu enlutado e meu escravo sexual Peter?

"Sim senhora, mais do que nunca."

Então ele soltou meu cabelo enquanto eu olhava para o chão.

Sinto como se tivesse pulado no fundo da piscina e não aprendi a nadar.

"Bem, vamos ver se você pode ser treinado. Levante-se e esvazie todos os bolsos, tire o relógio e os anéis e coloque tudo na mesinha!" que ela apontou. "Então tire os sapatos e coloque-os no chão ao lado da mesa."

Fiz tudo o que ele me disse o mais rápido que pude e, como era minha primeira oportunidade, olhei em volta da casa.

Ele estava no salão principal, não muito longe dos degraus que levavam ao porão.

Olhei para o Dominatrix sem fazer contato visual e vi que ele ainda estava em seu casaco de couro e botas.

Deus, ela é ainda mais bonita do que a foto que ela me enviou.

Cabelo loiro escuro e curto com franja nos olhos, mal posso esperar para descobrir como é o resto dela como eu pensava.

"Agora, Peter, você vai tirar todas as suas roupas para uma inspeção; mãos atrás da cabeça, cabeça para baixo e pernas afastadas. AGORA, cadela maldita, não amanhã!"

Tirei a roupa o mais rápido que pude e fiquei nua para me inspecionar.

Quando olhei para baixo, vi meu pau começar a crescer em antecipação de que meus sonhos se tornariam realidade.

Deus, como eu gostaria que ele me fizesse correr agora, pensei.

"Quando eu disse que queria que suas pernas fossem afastadas, eu quis dizer isso. Agora, abra suas pernas. MAIS LARGO! Seu idiota, idiota. E você pode esquecer de ter um orgasmo a qualquer momento no futuro próximo escravo. Eu Serei o único a determinar quando você tem um. "

"Desculpe, senhora ... sim senhora." Eu soltei e olhei para o meu pau duro.

Então ele tirou minhas roupas e me cercou lentamente.

Primeiro, ela beliscou um mamilo e depois beliscou a cabeça do meu pênis, apertando-o com força enquanto ela gemia entre dentes.

Ela riu enquanto me testava várias vezes.

"Agora, escravo Peter, você recolherá todas as suas roupas e descerá ao porão. Abra a primeira porta à direita, entre e feche a porta. Não acenda nenhuma luz ... Lá, no centro da sala, você encontrará uma sacola esportiva com instruções nele. Vá direto para a sacola, leia as instruções e siga-as exatamente. Você tem vinte minutos para concluir esta tarefa e eu observarei todos os seus movimentos com a câmera. Você entende Peter?

"Sim, senhora Lucy, eu entendo."

"Então vá, garoto, você já usou 20 segundos."

O mais rápido que pude, peguei minhas roupas, corri escada abaixo, abri a primeira porta à direita, entrei e a fechei atrás de mim.

"Em que diabos eu me meti, estou realmente ferrada."

Sim, eu definitivamente pulei em um profundo abismo.

CAPÍTULO II

Não era para ir tão rápido, pensei comigo mesma, certificando-me de que a porta estivesse fechada.

Inclinando a cabeça na porta, fechei os olhos e me perguntei se isso estava realmente acontecendo.

Um profissional de 40 anos como eu, divorciado, finalmente estava cumprindo sua fantasia.

Isso me apresentou a um mundo totalmente novo.

Lá, no centro da sala, com um único holofote brilhando no teto, havia um tapete preto com uma sacola esportiva em cima, uma sacola da Nike na verdade.

Eu rapidamente me aproximei dela e senti a frieza do piso de concreto aos meus pés.

Talvez estivesse na masmorra.

No topo da sacola havia um pedaço de papel dobrado com uma nota escrita "Slave Peter", eu, mas como eu sabia que estaria aqui?

Peguei a nota e comecei a lê-la.

Slave Peter

Puta, você vai se ajoelhar agora mesmo para ler esta nota.

Siga as instruções exatamente e seja rápido, pois o tempo está acabando.

Eu rapidamente me ajoelhei e olhei em volta enquanto o fazia, mas não havia luz no resto da sala; apenas a luz brilhando em mim enquanto eu lia a nota.

1. Empilhe cuidadosamente suas roupas ao lado da bolsa.
2. Retire cada item da bolsa e coloque suas roupas.
3. Coloque o colar, verifique se está apertado e depois trave-o.
4. Coloque o cinto e prenda todas as fivelas e o anel do martelo. Todo mundo deve estar apertado.

5. Aperte as algemas de pulso e tornozelo e prenda com um cadeado. Cada um é marcado para onde deve ir e deve ficar firme.

6. Trava as algemas de tornozelo, juntamente com a corrente de 6 polegadas e os cadeados.

7. Fivela no grampo. É uma mordaça de largura aberta e deve ser muito firme.

8. Verifique a área e coloque tudo o que não foi usado dentro da bolsa.

9. Coloque o curativo e aperte-o bem!

10. Bloqueie as algemas de pulso.

11. Pegue a posição de escravo e aguarde.

Enquanto lia a nota, caí de joelhos enquanto tentava localizar cada item na bolsa e, finalmente, frustrado ao tentar localizá-los, simplesmente joguei a bolsa na minha frente.

Quando vi tudo, realmente acreditei que outros viriam, já que tudo isso não poderia ser apenas para mim.

De repente, de um alto-falante diretamente acima de mim, sua voz veio forte, profunda e pesada.

"VOCÊ TEM 15 MINUTOS RESTANTES."

Esse lembrete ativou um modo de pânico dentro de mim e eu rapidamente peguei minhas roupas, joguei-as na bolsa e as fechei.

Depois vasculhei toda a pilha de tiras de couro até encontrar o colar.

Porra, é um colar de punição.

Olhei para o colar preto grosso de dez centímetros de altura e me perguntei como o colocaria, até que notei que havia um pequeno cadeado aberto que passava por um buraco no pino extra largo da fivela.

Agora eu entendi como ele deveria ser usado e tirei o cadeado.

Levantando a cabeça, coloquei-a em volta do pescoço para que a abertura ficasse na parte de trás e um anel em D na frente e prendi-a em uma posição confortável.

Depois coloquei o cadeado no orifício e o fechei.

Lá, essa coisa maldita está no lugar, pensei.

Que segue?

Felizmente, eu havia passado algum tempo pesquisando o assunto dos brinquedos de dominação e tinha visto vários arreios do corpo em anúncios on-line, então pude localizá-lo rapidamente e, depois de segurá-lo por um momento, decidi que era um arreio do tronco.

O mais rápido que pude, determinei a frente por trás e a joguei ao meu redor para que os anéis principais estivessem nas costas e a maioria das fivelas de ajuste estivesse na frente.

Felizmente, as duas tiras que circundavam cada lado do meu pescoço estavam soltas e isso ajudou a posicionar a frente por trás, juntamente com o fato de que o anel do galo também estava pendurado na frente.

Essas duas tiras foram encontradas em um anel na parte frontal e traseira em um nível logo abaixo dos meus seios.

A partir disso, uma única alça levou a outro anel no nível dos meus quadris e, a partir desse anel na frente, outra alça segurou o anel peniano com a alça presa por baixo.

Os dois anéis, dianteiro e traseiro, mantinham as tiras juntas para conectar os lados da frente para trás.

Depois de alguns segundos girando, decidi conectar as tiras laterais do anel embaixo dos meus seios e prendi-os até que estivessem apertados, mas não muito apertados.

Então eu repeti a mesma coisa com as tiras laterais nos meus quadris.

Isso estava começando a ser difícil, já que esse cinto estava segurando minha cabeça no alto e eu não conseguia ver bem o que estava fazendo.

O anel do pênis foi o próximo e ele sabia que teria que ser feito apenas sentindo-o sem poder olhar.

Deus, eu gostaria de ter exagerado minhas medidas de pau quando Lucy pediu por elas.

Agora não está tão bem e eu não esperava que houvesse um problema até que eu pudesse segurar o anel peniano para que eu pudesse vê-lo.

Porra, é minúsculo!

Como vou conseguir minhas peças lá?

Eu fiz uma bola de cada vez e tive sorte de que meu pau estava solto naquele momento e fui capaz de apertar o eixo pelo espaço restante.

Um pouco de lubrificante teria ajudado, mas não havia.

Apertei a alça do anel peniano no anel do quadril e, em seguida, peguei a alça restante do anel peniano, colocando-a entre minhas pernas e a parte de trás do meu quadril nas costas e depois, com os braços atrás de mim, o Eu abotoei o melhor que pude.

Assim que eu fiz isso, comecei a ficar com tesão com o resultado de que a dor na base do meu pau e bolas parecia surpreendentemente fantástica.

Depois, apertei cada alça e repeti o processo várias vezes, até sentir que estavam o mais apertadas possível.

Todo o processo manteve meu pau ereto até o momento em que foi concluído.

A voz de Lucy soou novamente no alto-falante do teto e parecia mais dominante do que antes.

"ESCRAVO, VOCÊ TEM 5 MINUTOS DEPOIS".

"Não, isso não é possível, senhora. Não pode ser." Eu protestei.

"VOCÊ TEM 5 MINUTOS. APRESSE-SE."

O mais rápido que pude, eu me puxei para dentro e fechei meus pulsos e tornozelos, apontando para onde cada um deveria ir.

Então encontrei a corrente e a coloquei nos punhos do tornozelo com cadeados presos aos anéis D em cada braçadeira.

Tudo isso não foi uma tarefa fácil, já que o maldito colar de punições limitou minha visão.

Então a mordaça!

Era de couro grosso e tinha uma grande abertura para meus lábios e dentes passarem.

Quando tentei pela primeira vez, pensei que devia haver um erro, porque não pude colocar minha boca no anel saliente na primeira tentativa.

Tentei novamente e enfiei os dentes no anel, mas era dolorosamente desconfortável.

Apertei o cinto para garantir que não saísse.

Deus, o buraco era grande o suficiente para um bom membro, mas ele esperava que nunca o recebesse. Por que não coloquei isso na minha lista de limites?

Depois de encontrar a venda, peguei tudo, coloquei na bolsa e fechei.

Fechei a venda e, assim como a protegia, o alto-falante do teto ganhou vida.

"Seu tempo acabou. Agora você é meu escravo."

Oh merda, eu esqueci a fechadura dos meus pulsos, eu gritei com a mordaça.

Desesperadamente, encontrei a bolsa, abri-a e, depois do que pareceu uma eternidade, encontrei um cadeado aberto.

Rapidamente, mas com dificuldade e deve ter me levado 2 minutos ou mais, pude amarrar as algemas nas minhas costas.

Então me ajoelhei em total submissão, meus joelhos separados.

Oh não! Eu não fechei a bolsa.

Ajoelhei-me lá pelo que parecia ser o tempo mais longo do mundo enquanto ouvia a abertura e o fechamento da porta.

Não havia som; não disse nada.

As botas estalaram no chão e eu sabia pelo movimento do ar sobre o meu corpo e pelo cheiro do perfume dela que estava por perto.

Deus cheirava fantástico.

Anos se passaram desde que eu tinha uma mulher tão perto de mim.

Eu podia ouvir o couro em suas botas, pensei e imaginei que ele estava inspecionando a bolsa.

Eu podia sentir o cheiro do couro que estava vestindo e comecei a ficar excitada quando me ajoelhei em submissão.

Plop!

"Agrrrrrrrrrr", eu gemi depois de receber um chute nas minhas bolas que doía mais do que qualquer outra dor que eu já havia recebido na minha vida.

A dor inesperada forçou meus joelhos a se fecharem.

"Você me desobedeceu, seu pedaço de merda inútil. Separe esses joelhos AGORA!"

Lentamente, eu obedeci e afastei meus joelhos, esperando outro golpe, mas nada aconteceu.

Murmurei na mordaça um indistinguível "Me desculpe senhora."

"Você me decepciona, Peter. Você falhou em sua primeira tarefa e, como resultado, você não será espancado até a festa de hoje à noite e eles triplicarão."

Festa? O que diabos ele está falando?

De repente pensei e Lucy deve ter sentido minha preocupação por algum movimento do meu corpo.

"Vou convidar alguns dos meus amigos hoje à noite. Você quer participar como meu escravo, Peter? Você será a atração principal; na verdade, hoje à noite, você será a única atração. Bem, você está interessado?"

Ele estava tentando absorver toda essa nova informação quando ... deu um tapa ... sua mão pousou na minha bochecha esquerda.

Porra, isso dói.

"Eu fiz uma pergunta, Peter. Você está interessado? Se não, o serviço dele termina agora!"

O melhor que pude, balancei a cabeça para indicar que estava interessado e murmurei na mordaça:

"Por favor, deixe-me ir à sua festa, ama Lucy."

"Muito bem Peter, você poderá ir para casa e se preparar para a festa, mas primeiro temos algumas coisas para cuidar daqui e agora. Você não seguiu muito bem as instruções, não é? Você não deixou nenhum brinquedo para a nossa sessão, seu colar é à solta e estou com tanto tesão como o inferno. Uma puta muito ruim, porque pretendo ser muito dura com você esta noite por isso.

Então ele me agarrou pelos cabelos e puxou minha cabeça de volta ao ponto em que eu podia imaginar que ele estava olhando para o meu rosto amordaçado e vendado.

"Em alguns minutos, minha puta, você não será mais tão desobediente", disse ele em uma voz profunda e dominante.

Eu sabia o que ele queria dizer e me ajoelhei em silêncio depois que ele soltou minha cabeça.

"Primeiro, devo ensiná-lo a sempre respeitar e obedecer sua amante."

O som de suas botas indicava que ele se afastara e logo ouvi algo arrastado em minha direção.

Então eu a senti ao meu lado e também senti que algo foi colocado na minha frente.

Sua mão estava na parte de trás da minha cabeça, descompactando o curativo que decolava lentamente e eu pisquei várias vezes me ajustando à luz.

À minha frente estava o lado de um banco de madeira preto que devia ter um metro e meio de comprimento, com um couro preto acolchoado com cerca de dois metros de largura

Agora a sala estava totalmente iluminada e, quando olhei em volta, notei todos os artigos de couro e chicotes pendurados nas paredes e todas as correntes e cordas penduradas no teto.

Quando virei minha cabeça para a direita, ERA ELA.

Oh merda, ela é tão bonita, pensei.

Ela ainda usava botas de couro preto, mas usava apenas um pequeno espartilho de couro preto que cobria a área dos quadris até logo abaixo dos seios e um par de luvas de couro preto.

Eu imediatamente comecei a endurecer.

"Levante-se, escravo, incline-se no banco", ele ordenou.

Honestamente, eu tentei me levantar, mas eu estava rígida desde o tempo passado de joelhos e a corrente de freio nos tornozelos tornou isso impossível.

Por mais que tentasse, ele sempre caia de joelhos ou caía de um lado ou de outro.

"Oh merda", ela gritou e eu sabia que ela estava com raiva da expressão em seu rosto e do tom de sua voz.

De repente, ele pareceu pular e agarrou o anel na frente do meu pescoço.

Porra, doía, pensei comigo mesma quando me levantei abruptamente e fiquei no banco e chutei meus tornozelos ao fazê-lo.

Quando eu gemi, tudo o que ela disse foi:

"Acostume-se, garoto! Esta noite será pior."

Depois que fui jogado no banco, ele me amarrou com uma corda do anel no pescoço até um ilhó na parte inferior do banco, de modo que da cabeça aos ombros eu me inclinei sobre o banco.

Pelo canto do olho direito, pude ver minha senhora pegar uma pulseira de couro que estava pendurada na parede com muitas outras tiras.

Tinha talvez três polegadas de largura e não era muito grossa, e ele estava agradecido por não ser a corda de barbeiro ainda pendurada na parede.

Tapa ... tapa ... tapa.

Ela estava jogando a alça contra minhas nádegas pelo que pareceu uma eternidade.

Quando tentei me mover para escapar da amarração, ela me segurou nos pulsos algemados e levantou os braços para parar meu movimento.

Finalmente ele terminou e sua mão acariciou minhas nádegas quando ele se inclinou e lambeu meu ombro.

"Você sempre deve me obedecer, Peter. Você entende?"

Murmurei um AMA Yes na minha mordaça quando ele se mudou para a sacola esportiva no chão.

Então, olhando através dele e pensando que ele estava olhando, ele puxou um cinto de couro que tinha um vibrador preto.

Eu a observei quando ela rapidamente o prendeu em volta da cintura e entre as pernas até que ela se sentisse segura e no lugar certo.

Então ela caminhou lentamente de um lado para o outro, certificando-se de que eu podia ver o que ia acontecer e ficou na minha frente.

Levantando minha cabeça pelo meu cabelo, ela trouxe o vibrador para a minha mordaça.

"Escrava, eu escolhi o menor vibrador com o qual tenho que transar com você. Espero que você aprecie meu gesto. AGORA, chupe-o para que fique bem preparado e molhado. Também usarei um lubrificante para que você possa aproveitar esse momento. Nosso primeiro juntos."

Enquanto ela lentamente colocava o vibrador no buraco da mordaça, tentei segurá-lo na minha língua o melhor que pude e depois o circulei para umedecê-lo.

Sugá-lo estava fora de cogitação, mas ele sabia que seria um requisito no futuro; talvez até hoje à noite.

A senhora então tirou o brinquedo da minha boca e levantou-se, onde ela abriu a corrente nos meus tornozelos e abriu minhas pernas até que eu pensei em me dividir em dois.

Então senti suas mãos enluvadas desfazendo a alça que corria entre minhas pernas.

Ela separou minhas nádegas enquanto entrava lentamente em meu território inexplorado.

"Oh sim", ele gritou repetidamente enquanto se empurrava em minha direção e então começou a me foder seriamente agora com uma mão em cada um dos meus quadris.

Eu não tinha prestado atenção a isso antes, mas agora percebi que meu pau estava duro e que estava sendo esfregado no banco enquanto meu amante me fodia.

Ela também notou meu crescimento e uma mão foi para o meu pau apertando-o com força.

"Oh, pequeno brinquedo. Vai agradar a todos hoje à noite, mas lembre-se de que, se você vier, terá que lamber. Oh, sim, putinha, caramba, oh, muito bom."

Depois de alguns minutos, ele se retirou de mim e me segurou nos ombros enquanto descansava a cabeça nas minhas costas.

Sua respiração estava muito rápida e ele sabia que ela estava feliz.

"Você é meu Peter, todo meu, nunca me deixe. Estive procurando por você a vida toda."

Depois que ela me desamarrou, me ajoelhei diante dela e a observei destrancar e tirar tudo o que trouxera como escrava.

Quando eu estava totalmente nua, assumi a posição de escrava e a observei enquanto ela ia para outro armário e pegava uma bolsa de veludo preto.

Ela voltou e ficou na minha frente.

"Peter, esta bolsa contém tudo o que você deve usar hoje à noite. Você não deve usar mais nada a partir do momento em que sair de casa e seu carro será revistado para garantir que você obedeceu. Você também pode ser seguido por um dos meus amigos. De sua casa para a festa, mas você nunca saberá, então você deve ser avisado.Você não deve abrir a bolsa até as 17:00 e entrar na garagem exatamente às 18:00. Alguém vem atrás de você. Agora, você se vestirá, irá para casa, descansará, fará uma refeição leve e limpará o corpo antes de se vestir para a festa. do seu corpo. Somente cabelos são permitidos na parte superior da cabeça, nas sobrancelhas e nos cílios. Você entende o que é exigido de você, meu escravo, ou preciso repeti-lo? "

"Eu entendo a senhora Lucy."

"Muito bom Peter. Agora levante-se."

Eu obedeci e de repente ela estava perto de mim.

Eu podia sentir aqueles seios fantásticos no meu peito; seu calor era encantador e seu gesto era totalmente inesperado.

Gentilmente, ele colocou uma mão atrás da minha cabeça e a levou até a dele, até que nossos lábios se encontraram e depois se separaram quando nossas línguas duelaram e nós nos abraçamos enquanto nossos corpos tentavam se tornar um.

Enquanto ele se afastava, ele notou meu pau em atenção e sorriu.

"Oh Peter, só mais uma coisa. Nunca brinque com você mesmo sem permissão! Agora vá e se prepare para a festa."

CAPÍTULO III

Chequei o relógio novamente pela milionésima vez na última hora e finalmente pensei que estava quase na hora de abrir a bolsa.

Tudo havia sido feito conforme ordenado por Lucy.

Era apenas uma curta viagem de oito quilômetros da casa dele para a minha, o que foi surpreendente, pois nunca havíamos nos conhecido antes.

Foi a nossa primeira reunião na vida real que foi muito além do que eu esperava e sabia que estava apaixonada por ela e que ela me deixaria fazer o que quisesse.

Deus, eu estava com tesão, mas fiquei lá sentado, tentando obedecer a sua ordem de não brincar comigo sem a permissão dele.

Normalmente, depois da manhã que acabara de passar, minha mão direita brincava com tudo, mas isso não ia acontecer agora.

Finalmente, eram cinco da tarde e desamarrei o cordão em cima da sacola de veludo preto que a senhora me dera.

Meu batimento cardíaco parecia dobrar em antecipação ao que eu tinha que encontrar e fechei os olhos quando cheguei na bolsa.

Senti a frieza do metal e o calor do couro e da borracha quando minha mão pegou tudo na bolsa e a jogou na cama.

Lá, na cama, havia tudo o que eu deveria usar naquela noite, consistindo de uma gola, um pequeno cinto e um tubo de lubrificante com um plug anal.

Graças a Deus ele era pequeno, pensei quando o vi.

Imediatamente, comecei a me vestir pegando o colar e determinando como eu achava que deveria ser usado.

Era semelhante ao que havia sido no início do dia, exceto que tinha apenas dois centímetros de altura e três anéis em D: um na frente e um de cada lado.

Eu tinha um cadeado aberto e, sabendo como funcionava, coloquei-o imediatamente e o prendi o mais firmemente que pude, sem me estrangular, e depois amarrei e fechei o cadeado enquanto olhava no espelho para não cometer erros.

Então olhei para o cinto em várias posições e finalmente o descobri.

Eu manteria o plug anal no lugar, bem como minhas privações, já que aquele maldito anel peniano estava lá novamente.

Eu fiquei na frente do espelho cheio no meu quarto e notei que desde que eu tinha raspado todos os meus pêlos pubianos, meu pau era duas vezes maior, mesmo quando eu estava pendurado lá mole.

Eu coloquei um sorriso no meu rosto e esperava que minha senhora também estivesse feliz quando ela me viu novamente.

O arnês era semelhante ao arnês que ele usava no início do dia.

Era para ser usado no nível do quadril e tinha duas tiras dobráveis de cada lado que se conectavam a um anel de metal na frente e na traseira.

Prendi essas tiras com segurança e depois fui para a parte mais difícil, primeiro empurrando minhas bolas e depois meu pau através do anel maldito que eu sabia que Lucy tinha colocado muito pequeno.

Quando os coloquei no anel, olhei para mim mesma no espelho novamente e pensei em como isso era bom.

Deve ser o sucesso da festa.

Meus joelhos começaram a tremer um pouco quando pensei no que fazer a seguir, pois seria a primeira vez que eu usaria um plug anal.

Peguei o lubrificante e coloquei uma quantidade suficiente no final, que imediatamente esfreguei no buraco na minha bunda e na sua abertura inicial.

Então coloquei o máximo de lubrificante possível na tampa e afastei minhas pernas, agachei-me um pouco e lentamente coloquei na minha bunda.

O plugue tinha uma base plana que o impedia de me chupar completamente e o excesso de lubrificante escorria em torno dele.

Foi mais fácil do que eu pensava e peguei um lenço de papel e limpei o excesso de lubrificante antes de puxar a tira do arnês do anel do pênis entre as minhas pernas e afivelá-lo no anel traseiro.

O arnês tinha uma bolsa para o plug anal, mas desde que eu notei tarde demais, eu apenas o deixei enrolar em torno do traseiro e torci para que ele segurasse meu traseiro apertado.

Verifiquei a hora e percebi que era hora de partir, e foi aí que percebi que ia dirigir quase nua e disse a mim mesma para não violar nenhuma regra de trânsito ou que teria que dar uma explicação.

Eu esperava que ninguém passasse por mim ou pararia ao meu lado.

Minha garagem tinha entrada direta em minha casa e, com o abridor automático da porta da garagem, eu estava confortável que meus vizinhos não notaram nada de incomum.

Graças a Deus pelas janelas coloridas.

Coloquei uma toalha no banco do motorista e minha carteira e carteira já estavam no porta-luvas quando verifiquei a lista de verificação em minha mente.

Eu gostaria que fosse inverno e tudo estivesse escuro, mas estava um dia quente de verão e a escuridão ainda não chegaria por três horas.

Então me afastei da casa depois de me certificar de que a garagem estava fechada.

Que diabos eu estou fazendo, faz apenas horas desde o nosso primeiro encontro, pensei enquanto dirigia lentamente para casa assistindo o tráfego e sentindo-o se conectar dentro de mim.

Eu continuamente verifiquei o espelho retrovisor para a polícia e qualquer outra pessoa que me seguisse.

Não havia policiais à vista, mas parecia haver um pequeno carro esporte preto me seguindo à distância, mas eu não tinha certeza absoluta disso.

Ah, eu consegui!

Não gritei com ninguém, mas quase quando entrei na garagem e dirigi até a garagem.

Quando entrei na garagem, percebi que tinha quase cinco minutos pela frente e, sem saber o que fazer, parei onde deveria e desliguei o motor.

Fiquei lá pensando e me convencendo de que estava tudo bem.

Tirei o relógio e o coloquei no banco ao meu lado.

A porta da garagem se fechou atrás de mim e meu coração começou a bater mais rápido junto com o endurecimento do meu pau.

Então eu sentei no calor das minhas mãos nas minhas coxas, esperando o que pareceu uma eternidade.

Ouvi a porta da casa se abrir e, olhando o relógio no banco, vi que cinco minutos se passaram.

Deve ter sido a emoção, porque me virei para ver uma mulher entrando pela porta e indo em minha direção.

Ela era do tamanho de uma Amazônia, mas não era gorda, era apenas grande, mais ou menos da minha altura, pensei, cabelos castanhos muito atraentes, reunidos em uma pilha no topo da cabeça como um rabo de cavalo felpudo e deslocado.

E a cadela tinha o maior conjunto de peitos que ela já tinha visto.

Espere um segundo, pensei.

Eu já vi isso antes.

Ela trabalha na loja de bebidas.

Eu a observei quando ela se aproximou da porta e a abriu reflexivamente para cumprimentá-la.

"Tire sua mão da porta e olhe para a frente. Você é uma escrava! Sente-se e obedeça." Ela pediu.

Eu imediatamente tirei minha mão da porta e me sentei lá, tentando revisar o que havia acontecido.

Ela deve ser uma amante.

Ela deve ser obedecida, pensei.

A porta se abriu completamente e olhei para a esquerda sem mexer a cabeça e me vi olhando para um belo conjunto de coxas.

Sua boceta com a barba por fazer estava coberta por um pano vermelho com um quarto do tamanho de um cachecol facial e pendurada por uma fina corda dourada nos quadris.

Ele usava um colar de couro no pescoço com menos de um centímetro de altura e que dizia Escravo nele em letras douradas.

"Você gosta do que vê na bunda? Eu disse para você olhar para a frente."

"Sim senhora. Desculpe senhora." Eu respondi.

Slap ...

Ela me algemava no lado da minha cabeça com a mão direita.

"Eu não sou uma dama, mas você deve me obedecer até que eu faça minha lição de casa. Você pode se referir a mim como Cindy ou escrava de Cindy. Você entende?" ela perguntou.

"Sim, escrava Cindy. Eu entendo sua puta!"

"Oh, o escravo enlouqueceu", ele riu, acrescentando: "Você não vai rir logo, garoto. Você já serviu em uma festa?"

"Não, este é meu primeiro dia com Lucy." Eu respondi

Tapa ... desta vez a mão dele pousou na minha boca.

"Isso não foi nada comparado ao que está por vir. Ela só será chamada de Sra. Lucy, a menos que esteja em público. Você entende?"

"Sim, escrava Cindy." Eu respondi e assenti para indicar.

Ele então pegou o anel em forma de D no lado esquerdo do meu pescoço e mostrou sua força, rápida e abruptamente me puxando para fora do meu carro e segurando o anel na cintura quando ele fechou a porta.

Eu tinha esquecido o plug na minha bunda, que começou a doer um pouco, e soltei um gemido para indicá-lo, o que só fez Cindy sacudir o pescoço como uma maneira de me dizer para soltá-lo.

Enquanto eu a roçava, senti sua suavidade, cheirou seu perfume, e por um segundo pensei em pular nela, mas um puxão no meu pescoço tirou esses pensamentos da minha mente.

Havia uma porta na parte de trás da garagem, que se abriu e me levou a entrar.

Entramos no que parecia uma despensa que tinha cortadores de grama e coisas assim de um lado e umą academia caseira do outro.

Havia uma janela que dava para um jardim muito grande, bonito e privado, que eu descobriria em breve, abrangendo toda a parte traseira da casa e da propriedade.

Era extremamente particular e dava para o lago do pátio, que ficava a cerca de dez metros acima da costa.

Não haveria vizinho distante que pudesse ouvir alguma coisa.

"Incline-se e coloque as mãos no banco", ele ordenou, e depois ordenou novamente, "abra as pernas a um metro de distância".

Uma corrente curta de banco que tinha um gancho de pressão foi presa à gola como um lembrete de que eu não deveria me mover.

Cindy então separou minhas pernas e soltou a parte de trás do arnês para dar acesso a ela.

"Eu te vi na loja de bebidas no shopping", eu disse.

Tapa ... tapa ... tapa.

Cindy colocou a mão forte na minha bunda.

"Idiota, nossas vidas particulares são nossas vidas particulares e nunca devem ser discutidas em nenhuma reunião sua com nenhum Amante ou em qualquer reunião do Grupo do Prazer da Dor. Você entende isso, Peter?"

"Sim Cindy, eu entendo. Esse é o grupo hoje à noite, Prazer da Dor?"

"É assim que se chama Prazer da Dor, e você nunca deve tomar nota disso ou mencioná-lo em sua vida particular."

De repente ... "Aggggggggggg", eu gemi quando puxei o plugue sem aviso.

"Vocês novatos nunca acertam", disse ele enquanto segurava o boné na frente do meu rosto. "É suposto ir primeiro para a bolsa de arnês e depois para o seu ânus. Assim."

"Aggggggg" ... caramba ... ela bateu nele de propósito, pensei.

Depois de prender o cinto novamente, o mais abruptamente possível, a escrava Cindy soltou a corrente do meu colar e me levantou.

Olhando para o relógio, ele disse:

"Estamos ficando sem tempo por causa da sua estupidez. Pegue dois pesos de cinco quilos e faça flexões até eu pedir para você parar."

"Ei", respondi, já que não entendi nada.

"Seu idiota, devo fazer tudo por você?"

Então ele foi para uma prateleira, localizada embaixo da janela, e puxou dois pesos de dez quilos, como se fossem penas, e fez algumas flexões para mim.

Eu podia sentir meu rosto corar com a estupidez dos meus comentários.

Depois que ele me deu os pesos, eu imediatamente comecei a fazer as flexões, mas me perguntei por que ele estava fazendo isso.

"Por que diabos estou levantando pesos? Pensei que estava aqui para uma festa?" Eu disse a Cindy enquanto ela se afastava de onde eu estava.

Que bunda linda ela tem.

Ela pode ser um pouco gordinha, mas eu aposto que ela é uma gordinha fantástica, pensei.

Ele parou e virou-se para olhar para mim e disse:

"Você é estúpido ou o quê? Sua amante quer apresentar sua nova escrava hoje à noite e espera que ela tenha um corpo perfeitamente tonificado. É melhor você fazer um bom show hoje à noite, Peter, ou ele não será concedido como membro pleno do Grupo. Entendeu? E pare de olhar para mim! Também sou escravo da Sra. Lucy. "

Droga, outra cadela submissa, pensei.

Enquanto eu continuava a trabalhar no meu corpo, tentando trazer meus abdominais e peitorais de volta à vida, Cindy puxou uma grande lona azul de um armário e a colocou no centro da sala, no chão, bem na frente de uma porta da garagem. para o quintal.

Ele se ocupou em colocar duas garrafas na frente da tela, depois uma tonelada de corda de cada lado e, do outro lado da sala, levantou o que parecia um grande pedaço de madeira do chão e o colocou no chão.

A parte de trás da tela.

Percebi que não estava claro, pois a princípio parecia que estava lutando um pouco com ele, mas mostrou o quão forte era levantá-lo facilmente depois que eu tinha controle.

Deus, ele está me traindo, pensei.

Uma linda mulher totalmente disposta com uma força incrível.

Eu estava começando a desacelerar meu treinamento, tanto por falta de treinamento quanto por me concentrar na madeira que Cindy havia colocado no tapete.

Não era áspero, mas parecia que tinha sido lixado e finalizado com um verniz.

O único parafuso grande no meio de uma superfície era a única coisa que perturbava a suavidade da peça, que parecia ter dez centímetros por quatro centímetros e cerca de um metro e oitenta de comprimento.

Uma vez que Cindy tinha tudo no lugar, ela se aproximou de mim e me viu lutando com os pesos, que já pareciam pesar cerca de dez vezes mais do que quando comecei a me exercitar.

Ela riu e passou a mão macia sobre o meu peito e abdômen.

"Mmmm ... tudo bem garoto. Você está pronto para parar?"

"Oh, por favor, sim, eu não posso mais continuar com isso. Meus braços parecem prontos para sair e meu bíceps está pegando fogo", respondi.

"Ha ha ha ... Ok, pare! Abaixe os pesos e fique no meio do tapete, em frente à porta. AGORA!"

Eu gentilmente abaixei os pesos e pulei no meio do tapete.

Parado ali, eu podia ver os jardins, pois a porta tinha duas pequenas janelas.

Porra, eu posso até ver Maine do outro lado do lago.

Parecia um dia quente e bonito lá fora, mas este quarto era climatizado e nos impedia de suar.

"Abra seus braços, cadela e abra suas pernas! Mantenha essa posição e não se mexa!"

"Você tem que me insultar, Cindy? Você não poderia simplesmente me chamar de Peter?"

"Estou apenas mentalmente preparando você para ser o festeiro e realmente não aprecio alguém tentando roubar minha amante de mim", respondeu ela, procurando uma das garrafas.

Oh, ela está com ciúmes!

Ele se virou para trás de mim e começou a esfregar o conteúdo da garrafa nas minhas costas.

Cristo, cheira a piña coladas, eu disse a mim mesma enquanto aquelas mãos macias continuavam esfregando minhas costas.

Então eles encontraram minhas nádegas e ela as beliscou com uma risadinha.

Então ela continuou a abaixar minhas pernas até o fundo.

"No caso de você estar se perguntando, escrava, nossa Senhora pensou que você causaria uma ótima impressão nos outros, se você estivesse todo empolgado e é isso que eu estou colocando agora e é um bom sabor do verão, você não acha? Hmm ... você a pele é agradável, macia e suave. Você vai gostar disso ... mmmmm "

Então ele cobriu meus braços estendidos completamente com óleo nas pontas dos meus dedos.

Depois de esfregar nas laterais do meu peito, a garrafa esvaziou e ela pegou a segunda.

Desta vez, ela esfregou suavemente os músculos do peito recém-tonificados e eu pude ver o olhar em seus olhos e sabia que ela me queria.

Pulando no meu pau e bolas, ela terminou minhas pernas e depois se ajoelhou e agarrou meu pau com força, apertando-o até eu gemer.

Então vi seus lábios no meu membro enquanto ele chupava levemente a ponta.

Foi apenas o movimento normal de um homem com tesão quando eu coloquei a mão na parte de trás de sua cabeça quando meu pau endureceu e eu o coloquei em sua boca.

Sua reação foi rápida quando ele mordeu meu membro e bateu meus ovos com a mão direita.

Tudo o que me lembro foi gritar o mais alto que pude: Oh, merda! algumas vezes e depois ouça o telefone tocar.

Enquanto agachado sobre minhas mãos particulares, Cindy atendeu o telefone.

"Sim senhora, desculpe senhora. Você tentou me dar sexo oral enquanto o lubrificava. Sim senhora, eu vou lhe dizer que sim, sim. Sim, senhora". foi o que eu o ouvi dizer ao telefone.

"Bem, Peter, as damas não estão felizes com todo o barulho que você fez e, como resultado, você receberá setenta e cinco pestanas em vez das sessenta que você mereceu no dia anterior. E o melhor é que eu darei quinze delas por sua performance Agora, grite de novo, se quiser. Quando sairmos desta sala para a festa, a amante quer sua porra de pau tão duro quanto uma barra de aço e quer que você lute enquanto nos aproximamos. Você entende, escravo?

"Sim, entendi." Eu bati enquanto olhava para o meu pau e minhas bolas doloridas.

Vamos lá.

Levante-se.

Apertar.

Tentei desejá-la ereta, mas não estava tendo muito sucesso.

Cindy se ajoelhou diante de mim e passou as mãos macias e oleosas gentilmente sobre meu pau e bolas pelo que pareceu um minuto ou dois.

Só de olhá-la untando tudo e fazendo-a acariciar meu membro, a vida voltou para lá.

Ela parecia aliviada quando terminou de lubrificar meu corpo e colocar a garrafa no chão.

"Fique de joelhos, garoto! Rapidamente, estávamos quase atrasados!"

Ao fazê-lo, ela foi atrás de mim e, naquele pedaço de madeira, começou a amarrar pedaços de corda em locais diferentes, de modo que havia cerca de um pé de corda pendurado nas duas extremidades de cada corda em cada local, a partir do qual Contei oito quando olhei por cima do ombro para ver o que estava acontecendo.

Então, levantando a madeira, rosnando com o peso, ele a levantou até o meu ombro.

Foi um jugo! Era para ser tratado como um pedaço de carne.

"Incline sua cabeça como escrava e estenda os braços para mim. Isso pode parecer pesado, então prepare-se."

Fiz isso e imediatamente achei o peso tão desconfortável e tão instável que a peça tombou e a extremidade esquerda estava apoiada no chão.

"Oh, pelo amor de Deus, Peter! Você é um fraco ou o quê? Você é um idiota, certo?"

Ele rapidamente amarrou a corda em volta dos meus braços, começando com a corda mais próxima do meu tronco no meu lado direito até que todos os 4 se apertassem em volta do meu braço.

Tentei torcer o braço para libertá-lo, mas o único movimento disponível foi da minha mão.

"Agora, tenha cuidado toda vez que você colocar a cabeça para trás, garoto, pois há um raio na madeira imediatamente atrás da sua cabeça. Agora separe os joelhos para que eu possa equilibrar isso!"

Enquanto obedecia, ele foi para o lado esquerdo e, segurando a madeira e o braço por baixo, puxou-o e equilibrou-o nos meus ombros.

Ele então amarrou a corda segurando meus braços no lugar em 4 seções diferentes, semelhantes ao lado direito.

Oh merda, isso dói, pensei ao sentir seu peso total, bem como o plug anal, que havia ganhado vida e devia estar arrancando meu interior.

Eu gemi e gemi um pouco, o que pareceu deliciar a Amazônia.

"Ok, vamos ver se eu posso ajudá-lo a se levantar sozinho, em vez de usar o guincho." Ele disse quando começou a me levantar e então eu segui seu exemplo, reorganizando meus joelhos e depois me levantando.

Ignorando a dor por dentro e por mim, levantei-me.

Aha, quem é o fraco agora, vadia?

Cindy pegou a garrafa de óleo novamente e depois pressionou contra mim para que eu pudesse sentir seus peitos enormes contra o meu corpo e logo meu pau estava procurando por qualquer parte dela.

"Você me leva para casa mais tarde, Peter? Eu preciso que você me leve e eu farei valer a pena."

Ela quis dizer isso ou ela está brincando comigo?

Não importava, porque tinha o efeito desejado de me deixar dura e ereta a ponto de saber que era a ereção mais difícil que tive no dia.

Então ele deu um pequeno toque em todo o meu corpo para garantir que tudo estivesse no lugar.

Depois de terminar no meu pau, Cindy gemeu com o que viu.

Então ele largou a garrafa e foi pegar a corda.

Eu tinha dois laços de corda enrolada, que ele colocou em cada lado de mim.

Não era como a corda de nylon grossa que mantinha meus braços no lugar, mas menor que um varal.

Por duas vezes, com força total, ele amarrou uma ponta de cada corda enrolada em um dos meus polegares, apertando os nós até eu gemer toda vez que ele o fazia.

Ele desenrolou cada pedaço de barbante e os segurou como rédeas.

"Agora, quando eles nos chamarem na festa, eu vou levá-lo até eles e quero que você lute pelas damas, mas não tanto que você caia.

Queremos que você lute para que todos fiquem empolgados. Você entende Peter? Oh, merda, quase eu esqueço ".

"Sim Cindy, eu entendo. Eu sou o animal selvagem na coleira." Eu respondi enquanto a observava correr em direção a um armário do qual ela puxou um pedaço de corrente e, caramba, não, algemas de aço.

Ela puxou uma faixa elástica que segurava a chave do punho sobre o pulso direito enquanto corria em minha direção.

"Rápido Peter, junte os pés!" Ela pediu e eu sabia que o show estava prestes a começar.

Ele se abaixou e colocou as algemas em cada tornozelo, encaixando-as no lugar.

O clique que cada fechadura fez parecia tão alto quanto um grito.

Quando ele se ajoelhou na minha frente, ele colocou meu pau em sua boca e chupou com força por alguns segundos que eu desejava que durasse para sempre.

"Isso foi para animá-lo mais", disse ela, mexendo com meu corpo pelo óleo em sua boca.

Quando ele se levantou, a porta da garagem se abriu e uma explosão de ar quente atingiu nossos corpos.

Cindy ajustou o pedaço de pano vermelho que estava tentando cobrir sua boceta sem muito sucesso e se certificou de que seu colar estivesse alinhado corretamente.

"Pronto Peter?"

"Vamos lá, sua puta!" Eu respondi.

Ele olhou para mim e depois pegou as duas cordas amarradas nos meus polegares, apertou-as e me puxou para fora, lutando contra o sol da tarde.

CAPÍTULO IV

"Droga ... Pare de atirar tão rápido", eu sussurrei para Cindy.

Então as rédeas do meu jugo afrouxaram e eu notei que Cindy havia parado quando ela virou à esquerda em direção ao Fiesta e estava olhando para os três homens que se aproximavam, cada um com um rolo de corda ou tiras de couro.

Eles estavam nus, exceto por uma pequena tanga de couro que cobria suas partes íntimas.

Todos os três eram do meu tamanho e idade, e cada um também usava um colar idêntico ao que eu estava usando.

"Vamos tirá-lo daqui, escrava Cindy. Você deve se apresentar ao escravo Ken imediatamente", disse um deles.

"Não, ele não está pronto para isso ainda. Peter, eu não sabia! Corra! Saia daqui! Agora!" Cindy implorou comigo.

Comecei a me virar para sair, mas dois dos escravos do sexo masculino já haviam me alcançado e agarrado à corda presa aos meus polegares.

Embora com a corrente travada nos meus pés, eu não teria conseguido andar cinco passos de qualquer maneira.

À distância, notei um grupo de mulheres observando de perto a situação em que eu estava e na frente do grupo estava a sra. Lucy.

Então percebi que Cindy estava andando, não, ela estava fugindo com a cabeça baixa e acho que estava chorando.

No que eu me meti?

Que imbecil eu sou.

Então minha situação e aqueles que me tinham me trouxeram de volta à realidade.

Saudações, escravo Peter, eu sou escravo James e esses dois senhores são os escravos Bob e Frank. Por favor, não nos dê um problema, Peter, e então não haverá problema para você. "

"Por que você não vai se foder? Me deixe em paz! Eu não discuti nada disso com a Sra. Lucy, então eu estou fora daqui", eu gritei com o nome James.

"Segure firme", disse James para os outros, sem sequer olhar para mim.

Então ele agarrou o eixo do meu pênis que estava qualquer coisa, mas ereto, puxou-o com força e deslizou um pequeno nó de corda que se apertava logo atrás da cabeça.

Então ele puxou a corda com tanta força que eu soltei um grito alto e alto.

"Isso dói seu bastardo, tire, tire!" Eu gritei e lutei com todas as minhas forças.

Quando o fiz, olhei através do gramado e notei que as mulheres assistiam a tudo enquanto bebiam uma taça de vinho.

Parecia que outros escravos nus estavam lá, provavelmente como criados, e eles estavam assistindo tudo também.

"Para seu conhecimento, foi a Sra. Lucy quem ordenou esta situação. Você deve se orgulhar, pois isso nunca aconteceu no primeiro dia e, se você superá-la, ela se tornará membro do Grupo Elite com todos os direitos. Agora, você entreterá e você vai agradar os outros lutando. Apenas considere-nos como seus irmãos escravos que estão aqui apenas para ajudá-lo hoje à noite, ha ha. E realmente lamentamos o que está prestes a acontecer. Eu tenho que pegar o novato e, a menos que ele queira perder o final de seu pênis, ele se comportará. "

Oh Deus, o que eu fiz

O que você vai fazer comigo?

Eu olhei para cada um dos meus captores esperando que isso os fizesse se sentir uma merda, mas tudo o que fiz foi irritá-los e eles puxaram as tiras que cada um tinha em mim.

Os três se entreolharam, assentiram e se viraram para as damas, caindo de joelhos, de cabeça baixa, cada um segurando a correia no ar com a mão direita.

Olhei para meus três captores e me perguntei o que diabos estava acontecendo.

James estava na minha frente, segurando a alça do colar e Bob à minha esquerda, com Frank à minha direita, cada um segurando as tiras do pescoço.

Cerca de trinta metros em linha reta, sob um dossel grande para protegê-los do sol escaldante, as damas haviam colocado uma fileira de cadeiras com duas delas na frente ocupadas pela sra. Lucy e outra mulher afro-americana.

Todas as mulheres usavam um vestido preto simples e semelhante, com acessórios de ouro e botas pretas.

A mulher ao lado de Lucy levantou-se, virou-se e apontou para uma escrava ajoelhada, apontando para que ela se aproximasse.

Uma escrava alta, bem bronzeada e oleada, com longos cabelos lisos e negros, levantou-se e ficou com a cabeça inclinada na frente da sra. Lucy e da negra.

Cada uma das duas senhoras deu a ela um item que ela segurava em cada mão e depois se virou e caminhou em nossa direção.

Oh Deus, ela também é linda, pensei, e comparando-a com Cindy, notei que ela tinha a mesma altura, mas em muito melhor forma, tudo isso acentuado por sua pele bronzeada e oleosa.

Então eu a reconheci.

Ela era a conselheira legal da tribo indígena local da Primeira Nação e ela própria era indígena americana.

Olhando em volta, percebi que apenas esta mulher, alguns escravos ajoelhados, e eu estávamos com óleo.

Nenhum dos meus captores foi.

"Oh merda, porra amiga. É Angela. Ela vai cortar suas bolas se você tiver dificuldade", disse Bob.

"Sinto muito, Peter, mas é melhor você ser do que nós", disse James, com Frank também concordando.

Olhei para a mulher que se aproximou de nós com um ar de confiança e um sorriso no rosto.

Ela também usava um pedaço de pano vermelho, que tentava esconder a virilha, mas não cobria, e uma corrente de ouro que a segurava ao redor dos quadris e nada além de sapatos ou brincos, e também usava muita maquiagem como Cindy.

Notei que na mão direita ele segurava um chicote marrom e na mão esquerda havia algo que não podia ver.

Quando ela se aproximou, comecei a me afastar e comecei a lutar com as tiras presas, fazendo com que meus três captores se levantassem e me segurassem no lugar, puxando para trás.

"Solte as malditas cordas, seus bastardos. Deixe-me ir! Deixe-me sair daqui! Pelo amor de Deus, pessoal, você vai me deixar sair agora."

Eu gritei isso o mais alto que pude e percebi que Angela agora estava correndo em nossa direção, cabelos pretos dançando atrás dela e quase já nos alcançando.

O sol quente parecia ofuscar sua pele oleosa, o que era tolice pensar em vez de tentar encontrar uma fuga da minha situação.

"Abra sua boca, garoto", disse ela com uma voz profunda e forte enquanto segurava meu braço esquerdo. "Não queremos que os vizinhos ouçam agora, não é?"

"Foda-se sua puta negra, eu quero sair daqui e agora!"

Percebi imediatamente que não deveria ter dito nada, principalmente por causa dos rótulos depreciativos de sua origem africana, mas ela apenas sorriu com meus comentários.

"Continue assim e você está morto, porra de carne", ele sussurrou no meu ouvido esquerdo. "Agora abra sua boca maldita, garoto", ela gritou enquanto assentia para James.

A dor de um puxão forte na alça de seu pênis, assim como Angela puxando minha cabeça para trás através do meu cabelo, de modo que minha cabeça atingiu o parafuso na madeira me fez gritar com a boca aberta.

Foi então que ela inseriu um grande pedaço de couro na minha boca, que imediatamente se dobrou atrás da minha cabeça em um nó o mais áspero possível.

"Como está essa cadela?" ela latiu.

O melhor que pude, respondi através da mordaça e disse:

"Foda-se, sua puta imunda! Tire isso de cima de mim! Eu quero sair daqui", e embora minha resposta parecesse ... Hmphhh ... hmphhh ... hmphhh, o significado disso era distinto para ela. quando sua mão aberta se fechou em punho enquanto ele tentava controlar a situação.

"James, me dê a correia do cinto e, em seguida, pegue seus dois amiguinhos e as tiras e se foda aqui. A Sra. Lucy e a Sra. Samantha mudaram de idéia sobre entretenimento, para ser justo com Peter, isso nunca foi discutido. com ele ", Angela ordenou.

"Mas eu ..." ele gaguejou e pensou melhor.

Ele acenou com a cabeça para os dois assistentes e os dois começaram a caminhar em direção ao resto do grupo.

Angela virou-se para o grupo de damas e levantou o braço esquerdo com a mão aberta para indicar 5 minutos.

Então ele se virou para mim e pegou o anel D na frente do meu pescoço, que ele puxou e me arrastou de volta para a despensa que ele havia deixado com Cindy alguns minutos atrás.

Ela me colocou de volta no tapete e foi a um armário para pegar outra garrafa de óleo corporal, que ela trouxe de volta e ficou na minha frente.

"Agora, Peter, só temos mais alguns minutos, então deixe-me atualizá-lo. Sua Senhora levantou a aposta inicial, por assim dizer, e ofereceu a você como ingresso para mudar rapidamente para um estado de Elite no Prazer da Dor. Você já Ouviu falar disso? Bem, quem se importa com o que você pensa? Você concorda em ser seu escravo,

Peter? Você concorda em participar da festa como seu escravo? isso é certo!"

Eu assenti que sim.

"Bem, isso resolve. Eu estava preocupado que seu medo fosse real, mas você assinou um contrato com Lucy e, a partir deste momento, não posso fazer nada a respeito. Mas você vai pagar por suas explosões e eu vou fazer você cumpra seu contrato com sua senhora. Você sabe quem eu sou?

Eu balancei a cabeça novamente, então ela desamarrou a corda da cabeça do meu pênis.

"Lá, eu não vou precisar dessa alça. Suponho que esses três fracos pensassem que impressionariam; deve ser uma coisa de homem. Isso parece melhor, Peter? Você gosta de carregar todo o peso do jugo em seus ombros? Essa foi minha ideia." , uma vez que me falaram sobre seus atributos físicos. Espero que dói muito, porque os comentários que você fez sobre mim doem e serão devolvidos a você ".

Ele parecia divagar fazendo perguntas, mas nunca esperando uma resposta como se estivesse amordaçado ou balançando a cabeça, então achei melhor ficar assim e não fazer nada.

Enquanto ele falava, ele desabotoou o cinto que estava usando e lentamente puxou o plugue da minha bunda, mas ele não mostrou nenhuma preocupação em tirar minhas bolas e meu pau do ringue, me fazendo gritar e morder a mordaça.

Uma vez que a tampa estava aberta, ela jogou tudo na tela.

Suas mãos macias passaram por minha bunda, bolas e gentilmente no meu pau, que estava mais do que solto do que a alça que havia sido amarrada a ele.

"Isso é melhor, Peter?" ela perguntou.

Concordei com a sensação afirmativa de que meus músculos relaxaram depois que o plug foi removido.

Ela riu baixinho e disse:

"Bem, isso é bom, então é melhor você aproveitar enquanto pode, porque eu tenho algo um pouco mais sinistro planejado para o show. E falando nisso, é melhor seguirmos em frente ou estarmos ambos Agora, Peter, apenas para você sabe que o chicote que eu tenho é feito de bétula, que fornece muito barulho, mas pouco dano, mas os chicotes que os outros usarão em você são principalmente pele de bezerro oleada e causam dor considerável, portanto, tenha cuidado Mas os dois rapazes não deixam marcas permanentes em seu corpo. Você me obedecerá pelo resto da noite, pois será mais fácil para você e não esquecerá o contrato que fez com sua amante. A primeira coisa que farei é apresentá-lo às senhoras, as A maioria dos quais tem altos cargos públicos ou profissionais e, no momento, deseja que suas identidades e sua participação sejam mantidas em segredo.No início deste programa está a Sra. Samantha, que está sentada ao lado da Sra. Lucy e deve ser obedecida. para 100%. Não há espaço para erro com ela, basta fazer o que ela diz, Peter. Você entende Peter? "

Concordei novamente e, ao fazê-lo, vi Angela tocar seu corpo com óleo e, uma vez que ela estava com a pele bronzeada, ela parecia iluminar a sala.

Meu membro fraco começou a voltar à vida, pois refletia o prazer que ele via nos meus olhos da mulher bonita na minha frente.

Então ela veio até mim e começou a esfregar óleo no meu peito, meus mamilos e meus abdominais.

Então ele agarrou meu membro e começou a acariciá-lo até sentir a ereção durar um tempo.

"É uma pena que eu não tenha encontrado você antes de Lucy ou que não sou eu quem está procurando hoje, pois todas as mulheres que entram no Prazer da Dor devem entrar como escravas de uma Senhora até encontrar um escravo masculino. e feminino para servi-los. Você gostaria de ter sido meu escravo, Peter? "

Não tendo certeza da resposta que ele estava procurando, balancei a cabeça e sua mão direita bateu na minha bochecha esquerda três vezes mais com força do que a outra.

Então ela rapidamente ficou atrás de mim e me forçou a encarar a porta aberta.

Porra porco! Você não está mostrando lealdade à sua Senhora ou está apenas tentando me apaziguar? Que idiota você é, Peter! Agora estamos prontos para continuar e você seguirá minhas ordens verbais sem ter que usar uma trela e não tente nada para antecipar isso. o que vai acontecer ou para que lado seguir.Se você desobedecer ou não apresentar um bom show, usarei o cabo do meu chicote e realmente não acho que você queira que eu faça isso, porque deixarei uma marca permanente. ! "

Justo quando ela me perguntou se eu estava pronta, o chicote me atingiu na bunda que fez o barulho prometido, mas uma picada surpreendentemente agradável que deve ter satisfeito meu pau, pois ele aumentou ainda mais do que era antes.

Então, quando estávamos do lado de fora do prédio, três outros cílios caíram pesadamente nas minhas costas que doíam, fazendo-me gritar na minha mordaça e me empurrar para trás, mas não virar.

Essa ação só trouxe outro golpe nas minhas nádegas e depois me mandou virar à esquerda.

Quando terminei, ele me disse para correr, o que era impossível desde que eu estava acorrentado, mas Angela parecia ignorar isso e continuou a espancar minhas costas, bunda e coxas enquanto eu continuava a lutar e gritar com minha mordaça.

"Vá direto para a sra. Lucy", ele ordenou.

Olhei entre golpes e, ao mesmo tempo, olhei para o chão procurando falhas nele, já que não queria escorregar e, quando vi minha senhora, fui em sua direção.

Ele estava conversando com uma senhora negra ao lado dele, à sua esquerda, que eu assumi ser a senhora Samantha e que parecia concordar com a aprovação do escravo escolhido por Lucy, eu.

Quando me aproximei, notei uma estrutura de madeira à minha direita.

Uma forca?

Que merda.

"Levante-se, escrava", Angela ordenou quando estava a cinco passos da minha amante Lucy.

Então ele se aproximou de mim e deu um duro golpe no meu pau ainda ereto.

"De joelhos quando você está na frente de sua amante!"

Caí de joelhos e imediatamente recebi mais três cílios pesados nas costas que doíam, mas me deram mais prazer do que antes, mas não consegui entender nem ver meu pênis ereto.

Ouvi uma ordem, que acho que era de Angela, abaixar a cabeça até atingir o chão e mantê-la lá.

Ao fazê-lo, o peso do pedaço de madeira nas minhas costas me fez gritar e sofrer outro golpe.

Então, tudo ficou em silêncio por um período de aproximadamente dez segundos, que pareceu durar para sempre, e uma voz que assumi ser a sra. Samantha, devido à sua proximidade e voz autoritária, começou a falar.

Senhoras, sejam bem-vindas a esta reunião especial do Grupo Pain Pleasure.Estamos aqui para reconhecer oficialmente Lucy como nossa nova integrante da elite e parabenizá-la por sua escolha de escrava, que com certeza agradará muito a ela. Senhoras, untadas assim e prontas para nossos chicotes? Lucy, há uma questão marcante da disciplina escrava que eu sei que agora você resolverá. O que você escolheu?

"Obrigado, Sra. Samantha, por todas as suas amáveis palavras. Vou mostrar a todos que, como verdadeiro dominante e profissional, sou e será um líder de todos os homens, todos inferiores a nós. Escravo Peter!

Ele escolheu o seu." Primeiro castigo a ser suspenso em sua primeira participação: cada amante atual e seus chicotes serão introduzidos, começando com Lady Samantha e terminando comigo, o que significará um total de onze lições, seguido pelo final, que somente Eu chamarei O Tormento Final, pois é algo novo que Angela e eu criamos.Todos os escravos, exceto a escrava Cindy, irão imediatamente para a sala de espera no porão, pois não podem ver o primeiro castigo do novo escravo Peter. "

Quando a Dominatrix terminou, ouvi um murmúrio de satisfação e aplausos, diferente dos primeiros sons, que deviam ter sido dos escravos atrás de cada uma de suas amantes.

Ninguém nunca teve tantas lições, foi sussurrado por um escravo.

A senhora disse:

"Muito bem, Lucy, que corpo fantástico seu garoto tem."

Não me pediram nem me perguntaram se eu concordava com o entretenimento planejado, pois queria ser seu escravo mais do que qualquer coisa.

"Vamos Peter, é hora de você estar pronta para cumprimentar todas as amantes!" Angela ordenou.

Tentei levantar a cabeça, mas o peso do jugo nos meus ombros e minha exaustão não me permitiram fazê-lo. Angela pediu à escrava Cindy que viesse ajudar, e as duas agarraram uma ponta do garfo e me levantaram com facilidade.

Quando me levantei, olhei em volta e notei que os escravos estavam saindo e as amantes em pequenos grupos se divertiam com vinho e aperitivos, e pensei em quanto precisava de uma bebida.

Olhei para Cindy e sorri através da minha mordaça tentando insinuar que não estava brava com ela pela incrível sequência de eventos.

Ele me olhou nos olhos e depois gentilmente apertou meu braço.

Angela me arrastou através de um anel em D em volta do meu pescoço até que eu estava diretamente sob o braço estendido da forca.

De pé ali, olhei para cima e notei um fio com um gancho de pressão preso, depois ouvi um motor e vi o gancho cair para terminar logo abaixo da minha cabeça.

O que a senhora disse?

Suspensão e participação e mais alguma coisa?

Eu devo prestar mais atenção.

"Cindy, desamarre as cordas do seu pulso e antebraço na ponta do garfo e eu o farei neste. Devemos colocar as pulseiras de suspensão no garoto e depois a barra de suspensão na frente dele. Uma vez feito isso, vou Desamarraremos e manteremos o garfo de madeira. A Sra. Lucy não quer perder mais tempo. " Angela disse.

Então eles colocaram punhos grossos de couro nos meus pulsos e eu sabia o que eles eram, desde que eu tinha verificado os anúncios de fetiche na Internet.

Uma vez em andamento, Angela levantou uma barra de aço pesada com cerca de um metro e meio de comprimento na minha frente.

Tinha correntes com ganchos em cada extremidade, um anel pesado no meio.

Cindy rapidamente quebrou os ganchos de cada corrente em cima dos punhos que seguravam meus pulsos, e uma vez que o segundo estava em funcionamento, Angela abaixou a barra lentamente até que eu a segurasse sozinha.

O peso adicional no meu corpo e braços me fez gemer alto na minha mordaça e notei Lucy olhando para mim e o grupo em que eu estava começou a sorrir e rir.

Angela e Cindy se moveram rapidamente para remover o garfo, o que me fez sentir muito melhor, e mesmo depois que eles levantaram a barra sobre minha cabeça e colocaram o anel no gancho, senti a pressão sendo aliviada do meu corpo.

Angela se aproximou de mim e sussurrou para mim, para que ninguém, nem mesmo Cindy, pudesse ouvir:

"Escravo, agora vou remover a mordaça e dar-lhe água antes que as apresentações sejam feitas. Se você não se comportar bem antes da noite. Acabou, honestamente, e vou cortar seus mamilos. Entendeu?"

Eu balancei a cabeça com entusiasmo, dizendo que sim, quando me dirigi a ela querendo beber e segurar meus mamilos.

Percebi que a barra em que meus braços estavam pendurados girou comigo quando fiz isso e, olhando para cima, entendi por que o gancho de pressão tinha um giro interno para que pudesse girar em qualquer direção.

Cindy então removeu a mordaça da minha boca e, enquanto estava atrás de mim, gentilmente pressionou seus seios nas minhas costas, causando um gemido de prazer escapar dos meus lábios.

Graças a Deus que Angela não tinha ouvido ou visto nada disso, eu disse a mim mesma.

Angela então trouxe uma garrafa de água aos meus lábios, da qual tentei engolir tudo, mas apenas alguns goles foram permitidos.

"Desculpe, Peter", disse Angela, "mas só posso lhe dar alguns goles ou você pode ficar com cãibras ou até ficar doente. Oh, Cindy, ótimo, você tem o barramento para os pés. Vamos começar a funcionar rapidamente, Peter. Lembre-se. o que eu disse sobre gritar. "

Primeiro, Cindy destrancou meus pés com a chave que ela usava em uma pulseira, e então as duas garotas rapidamente agarraram a barra, que tinha cerca de um metro de comprimento, e prenderam uma pulseira de couro em cada tornozelo.

Enquanto isso acontecia, eu sabia por que Angela havia me dado o lembrete de gritar, já que não só me separava do bar, mas agora estava suspenso do chão em uma posição de águia estendida pendurada em meus pulsos.

Tudo o que pude fazer foi cerrar os dentes e gemer o mais suavemente possível.

Então, Angela testou minha situação, movendo-me lentamente de um lado para o outro e depois me virando uma vez para garantir que a curva funcionasse.

Quando ele me encarou, ele disse:

"Escrava, você vai se ajoelhar antes de cumprimentar cada Senhora e você terá a cabeça abaixada, os olhos baixos. Você a cumprimentará quando ela estiver na sua frente e fará isso assim: 'Saudações, senhora, sou o escravo da senhora Lucy, Peter'. Então ela ordenará que fiquemos com os dois pés ou em suspensão total e, formalmente, apresentará a você o chicote e tudo o mais. Todas as amantes têm permissão para fazê-lo. Elas espancam você quantas vezes quiser, dos ombros aos dedos dos pés. pés, mas para o seu pênis, você só deve usar um chicote. Lembre-se de não chorar Peter ou eles serão mais duros com você. Você entende Peter? "

"Sim Angela, eu entendo", eu disse, mas tinha medo de perguntar o que "e outras coisas" significavam.

"Escravo, eu quero que você faça algo por mim. Suponha que você acabou de ser atingido, vire à esquerda meia volta. AGORA!"

Eu tive que tentar algumas vezes até acertar, pois na primeira vez fui longe demais e depois não fui longe o suficiente na próxima vez ou virei completamente.

Depois, eles foram na ponta dos pés e eu tive que repetir o processo até acertar.

Enquanto eu estava sendo instruído nessa técnica de torneamento, Cindy havia colocado uma mesa na minha frente e sobre ela havia flageladores de vários tipos e cores e um grande aquário de vidro cheio de pinças de madeira.

Angela então acenou para Cindy para vir ao meu lado e então Angela se dirigiu aos Amas.

Porra, ela é tão bonita e Cindy e todas as amantes, pensei quando Cindy começou a acariciar meu pau novamente para mantê-la forte, eu acho.

"Seja corajoso, Peter, e isso terminará em breve. Eu te amo, Peter", ela sussurrou.

CAPÍTULO V

Um calafrio percorreu meu corpo enquanto eu estava lá esperando meu destino, mantido por Cindy enquanto ela gentilmente acariciava minha masculinidade.

Lembro-me de olhar o lago e os veleiros voltando para casa em um leito de água cada vez mais calmo.

Os primeiros pensamentos do pôr-do-sol começaram a surgir e eu sabia que escureceria em menos de uma hora e me perguntei aonde o tempo havia passado.

"Prepare-se. Eles estão chegando", Angela ordenou Cindy quando voltei à realidade.

Eu não tinha notado o retorno de Angela e quando me virei para ela, ela me deu um tapa forte nas nádegas e riu.

"Mal posso esperar para ver se você conseguirá na próxima hora, pois é melhor deixar todas as mulheres quentes e molhadas durante sua apresentação. Agora, Cindy, ajude essa cadela de joelhos antes que cheguem aqui. E Peter, lembre-se do que Eu disse ".

Meu corpo em forma de águia se estendeu de joelhos com a ajuda de Cindy, pois eu não tinha certeza de qual era a melhor maneira de entrar em posição.

De joelhos, mantive a cabeça baixa, como Angela ordenou, mas sabia pela visão periférica que ela tinha e pelas vozes deles que agora estavam nos encarando.

"Senhoras do prazer da dor, ofereço minha escrava, escravo Peter, por sua consideração. Por favor, use-a bem. Depois de concluir o teste do meu homem inútil, haverá um programa especial para você que Angela preparou com tanta gentileza Lady Samantha, por favor, seja gentil o suficiente para começar a cerimônia. "

Todo mundo ficou em silêncio na minha frente e eu pude ouvir a sra. Samantha quando ela se aproximou e mesmo quando ela removeu as pinças da tigela.

Uma das damas então disse suavemente para outra pessoa:

"Ah, o ferrão, ela testará."

Sussurros afirmativos ao longo da reunião.

Quando ela estava na minha frente, contei o que Angela havia me dito:

"Saudações, senhora, eu sou o escravo da Sra. Lucy, Peter."

"Levante a cabeça e olhe para mim, escravo", ele me ordenou.

Quando levantei a cabeça lentamente, notei que na mão esquerda ela segurava dois prendedores de roupa e na direita ela segurava um chicote de couro vermelho escuro.

O chicote parecia um chicote curto e trançado, mas no final tinha um comprimento adicional de nove caudas de couro do tamanho de uma corda, cada uma com nós no final.

Que merda, pensei.

Tão ingênuo quanto eu soube que o chicote que segurava não era o flagelo que Angela havia descrito.

Olhei para Angela e ela sorriu um pouco inocentemente e deu de ombros.

"Essa cadela vai conseguir o que está procurando um dia."

Eu sabia que ia doer mais do que eu havia explicado anteriormente, mas seria preciso o que fosse necessário para provar a Angela que eu poderia aguentar.

A sra. Samantha viu essa interação e riu.

"Senhoras, parece que este escravo não foi informado de tudo sobre o show de hoje à noite, mas ele concordou em estar aqui e isso será uma boa lição para ele. Vamos esperar por um escravo perplexo!"

"Peter, escravo, você concorda que é subordinado a todas as mulheres, que todas as mulheres são superiores aos homens, que você servirá e obedecerá a todas as mulheres, não importa onde você esteja, e que aprenderá a apoiar o movimento Prazer do Dor?"

"Sim, senhora Samantha, eu concordo", respondi.

"Você sabe quem eu sou, escravo, e o que eu faço?"

"Sim, senhora. Você tem seu próprio escritório de advocacia no Maine que eu usei, mas só lidei com sua equipe."

"Nossa participação neste grupo deve ser confidencial. Você entende Peter e podemos contar em mantê-lo em segredo?"

"Eu entendo que a senhora e eu sempre manteremos tudo confidencial."

"Você já provou o doce néctar de uma deusa negra, escrava e quer fazê-lo?" ela perguntou.

"Sim, senhora Samantha, eu desejo que sim."

Assim que eu mencionei essas palavras, a mão segurada pelo chicote foi para a parte de trás da minha cabeça e a empurrou em direção ao seu bichano, na esperança de que ele tivesse sido exposto pela outra mão enquanto ela levantava o vestido.

Minha língua imediatamente procurou seu clitóris, que estava quente e nadando em sucos sexuais, e quando eu o lambi, senti-o endurecer e crescer.

Sem pedir permissão, virei a cabeça levemente, abri a boca ao redor de seu sexo e comecei a absorver tudo a uma taxa crescente.

Por alguns segundos, ela bateu sua buceta na minha cara e depois me empurrou bruscamente.

"Ah, puta", ele gritou e deu um tapa no meu rosto com o chicote. "Lucy, você fez muito bem ... não apenas o corpo dessa raposa foi feito para nos servir, mas acho que a mente dela também está pronta para nos servir."

A sra. Samantha deu um passo atrás e, olhando para a escrava, Angela disse: "Concluído", e então deu a Cindy os dois prendedores de roupa.

Fui levantado completamente do chão, completamente suspenso nessa pose estendida de águia, diante da cabeça desse Grupo de Prazer da Dor.

Notei Cindy olhando um pouco pensativa para os prendedores de roupa e depois coloquei um no meu mamilo esquerdo e outro no meu saco de ovos, causando um gemido silencioso nos meus lábios.

Enquanto isso acontecia, olhei para Samantha, que parecia incrivelmente selvagem para mim e senti meu pau endurecer.

"Olha senhoras! A cadela já está prestando seus respeitos corretamente para mim."

Imediatamente depois de dizer isso, ele me bateu com força na coxa direita e depois novamente na esquerda, o que me fez lutar em meus laços, mas não emitir um som entre os dentes cerrados.

"Angela, vire-se, por favor", ordenou Samantha.

Angela então sibilou no meu ouvido alto o suficiente para que todos pudessem ouvir.

"Vire-se, sua puta, e seja rápido."

Com toda a minha força, eu rapidamente me virei o mais gentilmente possível e o tempo todo pensando em Angela e dizendo para mim mesma:

"Eu vou ter essa cadela para mim."

Certamente ela poderia ser um pouco mais agradável em outras circunstâncias.

Quando completei o turno, olhei nos olhos de Angela e tentei matá-la sem muito sucesso.

Então Samantha me deu duas chicotadas duras nas costas com o chicote, e então eu sabia por que elas se referiam a ele como ferrão.

Era como se a cada golpe, eu pudesse sentir as nove caudas do chicote entrando no meu corpo, mas ainda assim eu tinha uma sensação de formigamento que quase parecia exigir mais.

Quando minha luta interior se acalmou, ouvi Samantha dizer: "Pronta, Angela?" e então ouvi um silêncio da multidão de mulheres reunidas nas proximidades.

Eu olhei para baixo e vi como Angela se inclinou para mim e trouxe meu pau ereto para sua boca, trabalhando até que ela entendesse como ela queria e depois levantou a mão direita.

Naquele momento, meu mundo explodiu com uma série de golpes fortes nas nádegas e nos dentes de Angela apertando seu pênis com tanta força que eu pensei que ela o cortaria.

Eu não gritei, mas meus gemidos entre dentes pareciam como se eu estivesse mastigando terra.

Enquanto lutava nessa posição de escravidão total, Angela continuou mordendo meu pênis até a sra. Samantha falar:

"Angela, pare imediatamente. Você será punida mais tarde por essa explosão. Que diabos você estava pensando, mulher?"

Então me levantei e, com a ajuda de Cindy, virei-me para o Grupo e mais uma vez me ajoelhei.

Enquanto abaixava a cabeça, minha senhora falou ao grupo:

"A seguir, nossa convidada de fora do distrito, Sra. Victoria, que ajudou a estabelecer nosso grupo local. Sra. Victoria, por favor."

"Saudações, senhora, sou escrava da senhora Lucy", eu disse quando ela estava diante de mim.

"Levante a cabeça, garoto! Você sabe quem eu sou?"

Quando levantei a cabeça, notei novamente os dois prendedores de roupa, mas desta vez a mão direita dele segurava um pequeno chicote e meu coração afundou, mas não tirou minha masculinidade, pois permaneci duro de alguma maneira.

Eu olhei nos olhos de uma mulher madura que ainda era extremamente bonita e tinha o corpo de alguém muito mais jovem.

"Você é a Sra. Victoria. Troquei e-mails com você quando entrei para o seu grupo de dramatização, mas nunca fui bom nisso e desisti. Desculpe, senhora."

Honestamente, ele esperava que não a tivesse chateado enquanto abaixava a cabeça.

"Levante-se e vire", Angela me ordenou.

Primeiro, ele deu os dois prendedores de roupa a Cindy, que, novamente depois de olhá-los, ergueu as sobrancelhas e passou a colocar os dois no meu pênis: na pele de cada lado dos ovos na base.

Então vieram cinco cílios duros nas minhas costas e minha bunda enquanto eu gemia e lutava em meus laços.

"Excelente, excelente", declarou a Sra. Victoria antes de eu voltar à minha posição ajoelhada.

E assim foi, com diferentes punições de todas essas mulheres poderosas, cada uma delas foi convocada pela minha senhora.

De Nellie, professora do ensino médio, a Flora, atriz de novela, Jane, médica, Jemina, professora de história, Rosie, artista de um programa de talentos, Laura, a dona da estação de televisão que me convidou para sua ilha .

Havia duas exceções que apontarei com mais detalhes: Clara, apresentadora de um canal de notícias a cabo, e Celine, a garota do tempo no mesmo canal.

Quando a sra. Clara foi chamada, ela deu um tapa em um grande chicote preto pendurado na coxa e parou bem na minha frente, quase tocando minha cabeça inclinada.

"Saudações, senhora, sou a escrava da Sra. Lucy, Peter." Gaguejei um pouco trêmula e com medo enquanto batia no chicote na perna dela, sabendo que podia vê-la brincar.

"Levante a cabeça, senhor. Você sabe quem eu sou?"

O Senhor foi dito de maneira depreciativa para todos ouvirem.

Quando levantei a cabeça e olhei pela primeira vez na vida real, percebi que era ainda mais bonita do que na televisão.

Ele tinha um corpo bem ajustado para morrer e seu cabelo era atualmente loiro escuro na altura dos ombros e, pelo que ele havia lido, seu cérebro superava a maioria dos homens.

"Sim, senhora Clara, você é uma referência em Cable".

Quando disse isso, notei que ela não estava prestando atenção em nada do que eu disse, mas estava olhando para Angela.

Virei minha cabeça em direção a Angela e notei que ela estava olhando para Clara, sorrindo e lambendo os lábios.

"Essa garota também é uma piada, excitada e tudo corre", pensei em Angela e gentilmente ri alto.

Infelizmente, a sra. Clara pensou que eu estava rindo dela e me deu um tapa.

"Lady Lucy! Esse seu porco se atreve a rir de mim. O que ele vai fazer sobre isso?"

"Minhas desculpas Clara. Angela, pegue a pinça e coloque-a no bastardo. Agora!" Ela pediu.

Quando Angela foi à mesa para pegar as pinças, ela perguntou a Lucy com que força ela queria que elas fossem colocadas e a resposta de Lucy foi:

"Quando você não puder mais apertá-los, eles serão perfeitos."

"Sra. Clara, espero que tenha sua aprovação", Lucy perguntou.

"Fique na ponta dos pés!" Clara disse enquanto entregava os grampos para Cindy.

Angela então ordenou que Cindy removesse todos os prendedores de roupa dos meus mamilos e os colocasse no meu pau quando eu me levantasse.

Cindy não me olhou nos olhos quando eles removeram os quatro prendedores de roupa e os transferiram para o meu pau e então os prendedores de roupa de Clara foram colocados nos meus ovos.

Naquela época, meu pênis estava quase completamente coberto de cada lado pelos pinos.

Então Angela, sorridente e amigável, o cachorro fez o que queria com os grampos.

Cada grampo consistia em duas barras de metal planas com parafusos em cada extremidade que deviam ser apertados manualmente.

Depois que cada um foi afrouxado, ela colocou um grampo sobre um mamilo com uma barra acima e abaixo, e depois Cindy puxou o mamilo para fora do grampo enquanto o apertava.

Uma vez que os dois foram contidos, eu me senti um pouco aliviado, pois apenas Cindy puxá-los causou alguma dor.

"Agora eu vou apertá-los, vadia", ele disse enquanto nós dois nos entreolhamos.

Enquanto eu os apertava, a dor estava começando a ser insuportável.

Eu nunca senti uma dor tão forte, mas, caramba, eu não lhe daria o prazer de gritar, porque era exatamente isso que Angela queria que eu fizesse.

Clara ordenou que eu virasse, o que eu apreciei porque, depois que todas as minhas fantasias na televisão sobre ela foram quebradas ao saber que eu preferia o sexo oposto, não queria vê-la me espancando e sentindo a humilhação.

Na verdade, seu golpe com o chicote foi doloroso, mas emocionante.

Foi por causa da minha humilhação?

Com a sra. Celine, nunca chegamos à fase de surra.

Depois do close-up e da minha apresentação, olhei para a beleza dela e sorri, e disse que a via durante anos todo fim de semana enquanto apresentava o boletim meteorológico local e divulgava que estava apaixonada por ela e achava que ela estava fantástica.

"Você quer testar sua garota do tempo, Peter?"

"Seria uma honra, senhora", respondi e depois coloquei minha cabeça entre as pernas dela enquanto ela levantava o vestido.

Estava quente e úmido e ela precisava de um orgasmo.

Minha língua trabalhou duro em seu clitóris enquanto ela bombeava seu corpo contra o meu rosto.

Quando estava totalmente inchado, eu era capaz de segurá-lo com meus lábios enquanto minha língua passava por ele.

Não demorou muito para que ela gemia com um orgasmo e os sucos de amor cobrissem meu rosto.

Então ele deu um passo para trás, largou o chicote, aproximou-se da minha senhora e perguntou, brincando, se ele me venderia a ela.

Depois de fazer minhas apresentações com cada uma das amantes, ajoelhei-me com a cabeça inclinada e soube que Lady Lucy estava na minha frente.

"Saudações, senhora Lucy. Eu sou sua escrava, sua escrava Peter."

"Levante seu escravo da cabeça"

Quando o fiz, sabia por que ela estava lá naquela noite, pois sua beleza era cativante e eu realmente a amava.

Ele não segurava uma pinça, mas segurava um pequeno chicote na mão direita, o que eu soube imediatamente para que era, pois na mão esquerda ele segurava uma mordaça.

- Escrava bem feita. Seu julgamento logo terminará e as senhoras concordaram em permitir que você ponha a mordaça para que você possa gritar quando necessário pelo resto da noite. Agora Angela colocou a mordaça em suspensão dianteira total nesse cara . "

Angela pegou a mordaça e sem suavidade empurrou-a na minha boca e segurou a mordaça apertada depois de empurrar minha cabeça.

As senhoras assistiram a tudo isso, especialmente quando ela me ajudou a subir pelas braçadeiras e, pela primeira vez, pude gritar na mordaça.

Eles me deixaram em suspensão total para todos verem.

Quando Angela recebeu ordem de remover as braçadeiras, as damas observaram com grande interesse minha reação à remoção de cada uma delas enquanto ela gritava e lutava tentando confortar meus mamilos.

Então Lucy apareceu e ficou na minha frente.

"Por favor, Peter, mostre a todos que você é meu escravo. Agora vou remover todos os seus prendedores de roupa com meu brinquedinho e não com muita delicadeza. Todo mundo está observando sua reação ao que eu faço, então vamos fazê-lo bem."

Eu balancei a cabeça e fechei os olhos determinados a não gritar mais quando as caudas de chicote começaram a pousar onde quer que um prendedor de roupa tivesse sido colocado, mas a maioria estava no meu pau e bolas.

Eu gemi e lutei tentando escapar do chicote até que finalmente parou e abri meus olhos para uma amante sorridente.

"Muito bem, Peter", disse ela, e depois se dirigiu aos convidados. "Haverá um curto intervalo de tempo antes da apresentação da suspensão final. Você poderia, por favor, me acompanhar com uma taça de vinho gelado da minha propriedade enquanto as meninas preparam o entretenimento final para a noite?"

"Do que diabos ele está falando?", Pensei.

A suspensão final? Você vai me enforcar?

Então eles me derrubaram no chão e me disseram para ajoelhar enquanto Angela e Cindy estavam ocupadas se preparando para o quê: Minha morte?

Eu estava cansado demais para fazer qualquer coisa, mesmo quando a barra pesada foi desconectada do cabo e colocada atrás de mim.

Quando olhei para o meu pau, vi-o pendendo fracamente e sabia que até o Viagra não seria muito útil naquele momento.

Espantado, observei Angela e Cindy trazer algum tipo de motor, que eles conectaram ao cabo e, depois de conectá-lo, testei-o para garantir que funcionasse.

Em seguida, a barra que segurava as correntes nos punhos do meu pulso foi colada na parte inferior do dispositivo e tudo foi levantado me levantando até que eu fui suspensa novamente.

Dessa vez, eles afrouxaram a barra de separação nos meus tornozelos e a tiraram quando me colocaram de pé.

Cindy então colocou algemas pesadas de couro nas minhas coxas, logo acima dos joelhos e, quando ambas estavam presas, fui abaixada para a posição sentada.

Sentia-me entorpecido por toda parte e não temia outra tentativa de infligir dor a mim mesmo.

Então, uma corrente de cada manguito da coxa foi amarrada à barra superior e apertada até parecer que eu estava sentada com as pernas abertas, enquanto o cabo me levantava até ficar cerca de um metro e meio acima do nível do solo.

"Cindy, vamos tentar isso antes da apresentação final."

Angela mencionou em voz baixa e pegou um cabo elétrico conectado ao dispositivo acima de mim.

O que parecia uma espécie de caixa de controle estava conectado ao cabo que Angela começou a passar os dedos.

Eles primeiro me giraram no sentido horário e depois no sentido anti-horário em voltas completas a várias velocidades e depois eu também pulei para cima e para baixo.

Satisfeita, Angela ordenou que Cindy preparasse a última peça, que observei de cima.

Eles carregaram um poste de aço redondo e pesado, com mais de um metro e meio de comprimento, para uma posição diretamente abaixo de mim e o parafusaram no que eu pensava ser um orifício de drenagem embutido em concreto ao nível do solo.

Depois de se certificar de que estava firme e livre de movimentos soltos, Angela pegou um cone de aço inoxidável de uma caixa e começou a parafusá-lo na parte superior do poste de metal.

Na época, tudo isso estava acontecendo diretamente embaixo do meu corpo, então eu dei uma boa olhada no que estava sendo feito e no que pensei que aconteceria, o que iniciou uma sessão de lutas difíceis da minha parte, porque eu não queria. faça parte disso.

Angela imediatamente pegou a base das minhas bolas, apertou e bateu no saco de ovos, que ela estava segurando, o mais forte que pôde com o punho direito, fazendo-a gritar dentro da mordaça, pois tudo que eu via eram manchas pretas brilhantes na frente dos meus olhos.

"Pare com isso, Peter, ou eu vou continuar batendo em você até você desmaiar. Entendeu?" Angela perguntou.

Parei, mas por duas razões, uma das quais era a ameaça de Angela e a outra era o fato de que meu corpo estava todo drenado.

Eu não aguentava mais, porque a suspensão me impedia e eu sabia que, pelo resto da noite, eu ficaria aqui suportando a dor.

Tentei recuperar o fôlego enquanto olhava mais atentamente para o cone.

Embora fosse difícil dizer, o topo era arredondado e parecia ter cerca de meia polegada de diâmetro.

Isso aumentou cerca de dez polegadas de comprimento para um diâmetro de cerca de duas ou três polegadas na base, o que me parecia ter cerca de dez pés.

Cindy então cobriu tudo com uma espessa camada de lubrificante e, colocando uma quantidade substancial nas pontas dos dedos, ela começou a esfregar meu ânus com ele.

Ela riu enquanto cuspia, tentando inserir os dedos em mim, que de repente acabaram dentro de mim, fazendo-me ofegar e gemer.

Enquanto eles estavam cuidando da minha bunda, Angela conectou um CD player e rapidamente testou sua música escolhida para esse maldito evento que ela criou, que ela esperava retornar em espécie algum dia.

Reconheci a música imediatamente ... e sabia que seu ritmo lento deixaria todas as damas empolgadas, mas me causaria muita dor.

O CD player também foi acoplado à caixa de controle do dispositivo.

Angela havia pré-gravado os primeiros compassos instrumentais da música e agora tocava para chamar a atenção das senhoras para indicar que estava pronta.

Eu assisti quando as damas vieram e ficaram em um semicírculo em volta de mim a cerca de um metro e meio e vi Angela cumprimentar a sra. Lucy quando ela desligou a música.

Senhoras, esta é uma breve apresentação que Angela criou e ela chama The Suspension Final. Meu escravo Peter não foi informado sobre isso até alguns minutos atrás e é uma boa maneira de meu escravo saber que ele sempre deve esperar o inesperado. "

"Você pode continuar Angela", disse Lucy.

"Obrigado senhora", respondeu Angela. "Espero que você goste do show que eu chamo de Suspensão Final e que todos os homens devem aguentar a apresentação no Prazer da Dor".

Então Angela se virou e foi para a caixa de controle e ligou alguns interruptores, fazendo Cindy abaixar e guiar meu corpo em direção ao cone, que entrava a alguns centímetros da minha bunda.

Eu gritei na mordaça com essa penetração e ao mesmo tempo notei que todas as damas haviam segurado os braços e estavam observando de perto essa humilhação do meu corpo.

Então a música começou e, durante o primeiro minuto, meu corpo subiu uma polegada e caiu uma ou duas polegadas e subiu e desceu novamente o tempo todo ao ritmo da música.

As Damas, de braços dados, também pareciam seguir o ritmo da música o melhor que podiam fazer.

Eu também os ouvi gritar coisas como "Isso deve acontecer a todos os homens", "Mulheres governam", "Homens são escória", "Viva o prazer da dor", com aplausos e aplausos por toda a música.

Eu sabia que a vadia Angela seria bem recompensada por isso, mas não havia nada que eu pudesse fazer, apenas ficar ali gritando toda vez que fui penetrada em território virgem por mim mesma.

Durante o segundo minuto da música, eu deveria ter sido penetrada três ou quatro polegadas, já que não estava mais subindo e descendo, mas agora o cone foi girado em pequenos movimentos para a esquerda e para a direita.

Então o último minuto ... foi aquele em que eu gritei por todo o minuto, minuto infinito que me pareceu.

Não apenas o giro do cone aumentou, mas o movimento para cima e para baixo.

Eu só conseguia ouvir rugidos de aprovação da multidão e sabia que estava começando a perder a consciência a cada batida e, finalmente, com o final da música, a rotação parou e meu corpo caiu no cone; meu peso tão baixo quanto pude.

Então eu gritei mais alto do que nunca na minha vida e depois desmaiei.

* * *

Quando acordei, estava sozinho ... ninguém estava lá.

O dia havia se transformado em noite, mas as luzes da casa e da fazenda forneciam luz suficiente para ver onde ele estava.

Enquanto eu estava deitado sob a moldura da forca, alguém jogou um cobertor sobre o meu corpo e olhou em volta, não havia indicação de que uma sessão de qualquer tipo tivesse ocorrido.

Você teria imaginado tudo?

Esse pensamento mudou quando tentei me mover e senti toda a dor dentro do meu corpo.

Ele estava livre dos meus laços e mordaça, nu na grama e não tinha ideia do que fazer.

Música e risadas vieram da casa, mas eu não queria saber nada disso e, lutando para me levantar, fui ao prédio da entrada onde estava preparado.

Eu tropecei no prédio e encontrei o caminho para o meu carro, que entrei rapidamente e queria começar, mas não consegui encontrar as chaves.

"Saia do carro dos meninos!"

Eu olhei para cima e vi Cindy vestida com uma blusa branca e uma saia curta.

Sem sutiã, Deus é lindo, pensei, mas sabia que não havia nada que pudesse fazer agora.

"Você me ouviu garoto? Saia do carro agora. Os homens devem obedecer a todas as mulheres e isso significa Peter, agora você vai dar o fora daqui no carro."

Eu estava cansado demais para discutir ou você conhecia meu lugar no grupo?

Enfim, saí do meu carro e vi Cindy estendendo minhas roupas para eu usar.

"Ei, essas roupas são minhas! "De onde você tirou tudo isso?" Eu perguntei por.

"Basta colocar e entrar no carro, eu tenho que te levar para casa e cuidar de você. A Sra. Lucy estava preocupada com o seu bem-estar."

Eu estava cansado demais para dizer qualquer coisa e grato que alguém me levou para casa.

Cindy estacionou ao lado da calçada, não escolhendo entrar ou abrir a garagem.

As luzes estavam acesas na casa e eu sabia que nenhuma havia sido deixada, então percebi que minhas chaves haviam sido tomadas e a casa havia sido preparada em algum momento durante a noite.

Depois que ela me colocou em casa, Cindy me levou ao banheiro e me fez entrar no chuveiro, onde ela entrou comigo.

Ela me lavou, me mantendo perto dela ... era tão macio e tão bom que eu sabia que logo meu corpo voltaria ao normal.

Quando a água espirrou em nós, ouvi um barulho alto na área da sala.

"O que foi isso? Há mais alguém aqui?"

"Relaxe Peter. Esse era apenas o sistema de refrigeração central ou algo assim. Você teve um dia difícil. Vamos secar e deitar na cama."

Ela gentilmente me arrastou e me secou beijando meu corpo onde estava dolorido ou marcado e, finalmente, ela me deu um beijo forte nos lábios com a língua aparecendo para massagear a minha.

Oh Deus, ela está me excitando.

Nus, fomos de braços dados para o quarto de hóspedes, que tinha todas as luzes acesas.

Achei que Cindy tinha feito isso.

Quando entramos, fiquei surpresa ao ver a senhora Lucy nua na cama, vestindo nada além de uma tanga preta.

"Ah, aqui estão meus dois escravos. Ambos estão fantásticos. Vamos, Cindy e junte-se a mim. Não, você não, Peter, eu não quero um escravo. Seus serviços não serão necessários hoje à noite, então vá para a sala principal agora!" "

Meu coração caiu mais baixo do que nunca quando ouvi suas palavras e com a cabeça baixa, fui para o meu quarto.

Estava escuro, então naturalmente acendi a luz e lá no chão estava Angela!

Ela estava nua com punhos de metal nos pulsos fechados atrás das costas e também nos tornozelos, e levantou-se em uma posição submissa, amarrando os longos cabelos com uma corda bem amarrada aos tornozelos.

Uma mordaça conteve seus gritos abafados quando ela me viu assimilar sua beleza e percebeu o que ia acontecer a seguir.

Ao lado havia um pequeno chicote de couro com uma única cauda trançada que parecia um chicote miniatura e, no topo, um bilhete.

A nota era da sra. Lucy e simplesmente dizia:

"Lembre-se de Peter, sempre espere o inesperado."

Quando levantei o chicote, minha masculinidade voltou com força e soube a partir daquele momento que nunca deixaria de pertencer ao Prazer da Dor.

FIM

SUSAN ESCRAVA

CAPÍTULO I

A escrava Susan acordou com um delicioso desejo de amamentar seu Mestre, mas ficou chocada ao descobrir que ela já havia partido.

No travesseiro ao lado dela, em vez disso, havia um bilhete, uma única orquídea e um cartão de presente para o seu dia favorito no spa.

Ela bocejou e se espreguiçou, depois leu com entusiasmo a nota.

"Quero que você passe o dia se preparando para Mim. Você não deve se masturbar hoje, pois darei tudo o que você precisa mais tarde. Estaremos no baile de caridade hoje à noite e depois vou usá-lo de todas as maneiras, até que esteja satisfeito "

Susan sabia que o bilhete de sua professora dizia muito mais do que dizia, porque ela conhecia seu coração.

Em três frases curtas, ele informou que aquele dia e a noite seriam para seu prazer e para ele, que não havia nenhuma parte dela que ele não levaria ao limite e que ela deveria fazer o que fosse necessário para levá-lo foi o mais agradável possível para ele.

Susan adorava agradar seu Mestre e Ele sempre fazia tudo perfeito entre eles.

Susan saiu da cama e enroscou os cabelos em um broche enquanto caminhava para o banheiro.

Pendurado em um gancho amarrado na parte de trás da porta, estavam o vestido, as meias e os sapatos que o mestre Robert havia escolhido para ela usar.

Não havia roupa íntima.

Susan sorriu, depois lavou o rosto, escovou os dentes e, antes de voltar para o quarto, abriu a gaveta da cômoda, tirou as bolas chinesas e removeu a calcinha fio dental em que dormia.

O Mestre havia dito que não havia parte disso que Ele não usaria.

Lentamente, ele colocou as bolas chinesas no lugar e instantaneamente ele já estava imaginando o magnífico pênis de seu Mestre ...

Ele vestiu o short jeans e a camisa amarela de botões que o Mestre Robert usava na noite anterior.

Ela gostava de vestir suas roupas.

Assim, ela podia sentir o cheiro nela mesma.

Ela colocou as sandálias, pegou o cartão de presente e partiu rapidamente.

CAPÍTULO II

Susan chegou e descobriu que o mestre Robert havia organizado tudo com suas instruções, como ele normalmente fazia.

As mulheres na sala não disseram nada, mas simplesmente continuaram o que estavam fazendo.

Ela não estava desconfortável com o que o mundo percebia como um relacionamento submisso, porque o mundo não sabia nada do amor que compartilhava com seu mestre Robert.

"Sim, somos mestre e escravo", pensou ela, enquanto a manicure trabalhava de pé, "mas também somos marido e mulher, Robert e Susan, almas gêmeas!" Não importava se o resto do mundo não entendesse.

Simplesmente porque eles não tinham idéia do verdadeiro amor entre eles.

Com uma manicure e pedicure completa, ela foi levada para o banho de lavanda e baunilha.

Essa era sua parte favorita e o mestre Robert sabia disso.

Era muito difícil para ela não se dar prazer quando era deixada sozinha no banheiro perfumado, mas sabia que seu Mestre a amaria muito hoje à noite, então ela descansou sem ter um orgasmo no banheiro.

Finalmente, viraram os cabelos, lavaram-no e empilharam-no sedutoramente sobre a cabeça, prendendo-o com a presilha que Ele havia comprado para eles no primeiro encontro.

Ela sorriu alegremente, pensando no prazer que lhe daria remover o alfinete de seu cabelo e vê-lo cair sobre seus ombros.

Seria uma noite para recordar.

De volta para casa, ela colocou a maquiagem.

Havia também as meias de seda e os saltos pretos de três polegadas que ela comprara na Itália.

Ele parou ali para se olhar no espelho.

Algo estava faltando.

Foi um breve pensamento que ela retirou rapidamente de sua mente.

Se ele quisesse mais, ele teria previsto.

Ela tirou as bolas chinesas que a mantiveram à beira do orgasmo o dia todo, depois deslizou o vestido delicado sobre a cabeça e o deixou deslizar pelo corpo.

Ela estava satisfeita com a maneira como se olhava no espelho e Robert também.

Um toque de seu perfume favorito e ela estava pronta.

Ele pegou a orquídea que estava flutuando em uma tigela de água naquela manhã e a enfiou no nó do cabelo na nuca.

Quando ela ouviu seu carro na garagem, seus mamilos endureceram e sua vagina começou a latejar.

Normalmente, ela teria esperado por ele na porta de joelhos, com o pescoço curvado, para que seu corpo estivesse completamente à sua disposição.

Ela estava muito ansiosa.

Ela correu para o pé da escada para esperar por ele.

Quando Ele entrou, ela já estava corada de emoção e podia sentir sua aparência agradando-o quando ele a encarou.

"Você está deliciosa, escrava Susan."

"Obrigado, mestre Robert, estou muito feliz que você esteja satisfeito."

"Parece que você esqueceu alguma coisa."

"Eu esqueci alguma coisa?"

Robert a agarrou pelo pulso e a levou pelas escadas.

No travesseiro onde estavam a nota e a flor, estava o colar.

Ela ficou impressionada por não ter notado isso antes e imediatamente reconheceu seu erro.

Mestre Robert havia arranjado a gargantilha artesanal para ela, juntamente com a gravata correspondente.

Sua gargantilha continha metade de um coração de cristal que combinava perfeitamente com a outra metade que ela usava.

Ele havia dado a ela no dia do casamento.

Como ele conseguiu não perceber?

Seus mamilos começaram a se esticar e sua vagina latejava quando ela percebeu a gravidade do erro.

Robert desafivelou o cinto.

"Eu amo você, Susan, mas não posso permitir tal descuido em sua preparação para mim."

"Sim, meu doce possuidor."

"Abaixe-se e pegue seus tornozelos."

Ela não precisava ser instruída a abrir as pernas, já que havia sido punida dessa maneira antes.

Mestre Robert gostava de assistir sua buceta quando ele a espancava.

Ela pegou o vestido sedoso e deslizou lentamente pelas pernas até a cintura e, devido à sua posição, continuou a deslizar para baixo e ao redor dos peitos, cobrindo um pouco a cabeça e o rosto.

Que visão magnífica ela lhe mostrou, vestida com tanta elegância, mas tão empoleirada.

Ela podia ver como estava animada com a umidade de sua vagina brilhando na luz.

Ele removeu o cinto que estava segurando na mão, pensando melhor.

Seria uma longa noite.

Ela se virou e caminhou para o lado da cama e, procurando na gaveta da mesa de cabeceira, puxou um chicote de couro que usava frequentemente.

Tinha uma alça longa e nove tiras finas de couro macio e flexível penduradas no final.

Foi bem utilizado e apreciado.

Ele voltou para ela lentamente, apreciando a bela imagem que ela havia criado e observando as mudanças que aconteciam nela.

Ela estava respirando pesadamente e estava tendo dificuldade para ficar parada.

"Ahhh, minha escrava Susan, eu vou gostar de você hoje à noite!"

E com isso, ele conectou três cílios rápidos na bunda dela que a fizeram gritar de dor e prazer.

Ele deu um passo atrás e observou a velocidade com que as listras vermelhas começaram a aparecer em sua bunda.

"Merda!" Ele pensou para si mesmo! "Como eu vou me conter hoje à noite?"

E com esse pensamento, a solução veio instantaneamente.

Ele o teria agora antes da sessão da noite, apenas uma vez para sair dela.

Ela rasgou as calças, puxou o pau já duro dele e enfiou-o profundamente em sua vagina, não por prazer, mas para lubrificá-lo.

O que ele mais queria no momento era vermelho, firme, brilhante e ele estava pronto para isso.

Ele retirou seu pênis da boceta escrava da escrava Susan para seu desespero e enfiou-o profundamente em sua bunda.

O grito de "SIM!" dos lábios dela, ele alimentou seu fogo e ele golpeou loucamente os quadris dela.

Segurando-a com força, Ele não parou até que estivesse pronto para explodir.

Ele ouviu sua própria respiração ofegante e ofegante quando um monte de esperma sedoso veio e foi por todo seu traseiro avermelhado.

Quando ele voltou para si mesmo, ele percebeu que estava esfregando seu esperma quente na bunda tenra e desejada de sua escrava Susan, enquanto ela lhe agradecia repetidamente.

"Vou usar meu smoking preto hoje à noite, Susan", e com isso ele foi ao chuveiro enquanto a escrava Susan vestia sua gargantilha e depois foi ao armário pegar seu smoking.

Ela foi muito cuidadosa e verificou duas vezes que tudo o que ele precisava estava esperando por ele quando saiu do chuveiro.

Ela colocou cada objeto na cama enquanto pensava sobre a maneira como ele acabara de usá-lo, a maneira maravilhosa como suas bolas atingiam seu clitóris enquanto ele devastava sua bunda.

Ela estava tão perdida em pensamentos que não o ouviu atrás dela até que ele a beijou suavemente no pescoço.

"Eu não quero punir você, Susan, mas oh! Como você é requintada quando eu faço."

"Obrigado, mestre Robert."

CAPÍTULO III

No carro, o mestre Robert deslizou a túnica pelas pernas e afastou as coxas.

Ele tocou sua boceta que ainda estava pingando, mas a proibiu de gozar.

A escrava Susan se contorceu em seu assento e ficou feliz em ver o salão em tão pouco tempo, pois tinha certeza de que não poderia durar muito mais tempo.

Ele colocou os dedos na boca dela para que ela os limpasse com a língua e os lábios enquanto desabotoava os três pequenos botões no topo do corpete dela com a outra mão.

"Deixe assim", disse ele, e depois a beijou ternamente nos lábios, antes de pedir que ela esperasse que ele abrisse a porta.

Dentro do salão, ela era forçada a sair do lado com frequência, mas estava sempre à vista dela.

A escrava Susan conversou educadamente com os outros participantes, mas, como sempre, foi aos lugares mais calmos e ficou sozinha.

Mestre Robert estava em grande demanda por atenção e ela admirava a maneira como ele se comportava nessas situações, tão galante, tão bonito.

Quando lhe pediram para dançar, ela olhou para ele em busca de orientação.

Entendeu-se entre eles que havia momentos em que a aceitação educada era necessária, mas ela sempre aguardava o seu consentimento antes de aceitar e quase sempre podia contar com Ele para interromper o que estava fazendo.

Esta noite, porém, ele esperou seu mestre Robert, rejeitando as ofertas, mesmo quando aprovou.

Após a terceira recusa, ele atravessou a sala até ela.

"Esta bem meu amor?"

"Sim."

"Por que você não está dançando?"

"Porque, eu só quero dançar com você hoje à noite."

"Então Susan, você terá o seu desejo."

Ele passou a mão pela cintura dela e a apoiou gentilmente nas costas para levá-la à pista de dança.

Segurando-a perto, ele dançou com ela.

Olhando para ela como se ela fosse a única mulher no mundo, ele atormentou a pele dela com os olhos e a convenceu à beira da felicidade com sussurros de como ele a usaria mais tarde.

"Me leve para casa?" Ela sussurrou para ele.

Ele a pegou pela mão e a conduziu através da multidão.

No carro, eles se beijaram apaixonadamente e a escrava Susan sussurrou o desejo de seu coração.

"Eu preciso do meu mestre Robert."

Robert respondeu desabotoando as calças e permitindo que ela o amamentasse no caminho de casa.

CAPÍTULO IV

Na calçada, depois de desligar o carro, ele a deixou ficar lá, aproveitando o modo faminto de devorar o pau dele.

Ele a fez parar o tempo suficiente para deslizar o vestido por cima da cabeça e jogá-lo no banco de trás.

Então ele puxou o assento para trás e removeu o pino do cabelo dela, deixando-o cair nos ombros.

Ele amava seus cabelos pretos, o jeito que caía sobre seu rosto e ombros e o modo como ela enchia os punhos quando o agarrou.

Robert a observou por um longo tempo, maravilhado com a maneira como ele adorava seu pau, chupando-o como se fosse seu próprio sustento.

Quando seu desejo de gozar era maior do que Sua restrição, ele enterrou as mãos nos cabelos dela e forçou seu pênis profundamente em sua garganta.

Ele entrou e deixou sua boca e garganta com uma profunda necessidade que ela ameaçava devorar.

A escrava Susan tremia em suas mãos e percebeu que sua própria libertação provocaria a dela.

Um último empurrão profundo em sua garganta e Ele explodiu em êxtase.

Cada jato de leite quente sacudia seu corpo com um espasmo igual ao dele.

Eles eram senhor e escravo, e ainda assim eram um.

Um corpo ...

Um belo espasmo de leite ...

Um amor!

CAPÍTULO V

A escrava Susan abriu os olhos quando o mestre Robert abriu a porta.

Ele estendeu a mão e a ajudou a sair do carro.

Ela estava diante dele à luz da lua, o vestido na altura da coxa e os sapatos de seda e a gargantilha que continha meio coração de cristal.

O luar e as estrelas dançavam em sua pele e ele respirou fundo ao vê-la.

"Venha meu amor, nossa noite apenas começou."

Ele a levou para dentro e para o quarto, onde ele abriu as portas da varanda para deixar entrar a brisa do oceano.

Ele pegou sua gargantilha e a substituiu por seu colar, depois a guiou para a cama onde ela o vendeu.

"Deite-se. Quero sentir seu corpo se submeter a mim", ele sussurrou.

Ela fez o que ele pediu e depois esperou o próximo pedido.

Quando nada veio, ela tentou acalmar a respiração, tentou ouvi-lo na sala.

Onde ele poderia estar?

O que está fazendo?

Sua mente disparou, antecipando seus planos para ela.

Ela esperou o que pareceu uma eternidade, pensando que podia ouvi-lo respirar, mas nunca tinha certeza.

Quando ele finalmente pensou que uma surra de desobediência era melhor do que esperar um segundo a mais, ele pegou o curativo, mas em vez de deixá-la entrar em problemas, ele disse: "Toque-me".

Três palavras, três palavras minúsculas, acenderam nela um fogo que ela nunca havia sentido antes.

Instantaneamente, as mãos dele estavam no corpo dela, uma no peito e outra entre as pernas.

Em segundos, ela estava se contorcendo com o orgasmo, pernas abertas, joelhos esticados, dedos fodendo sua boceta furiosamente por esperma, suas costas arqueadas até que nada além de sua bunda e a nuca tocou a cama.

"Sim! Robert! Oh, meu professor Robert! Sim! Sim! Sim!"

Ela não estava completamente abaixo da altura dele depois de ouvi-lo novamente:

"Novamente. Faça de novo."

Ela rolou de bruços e colocou os joelhos embaixo do corpo, empurrando a bunda no ar para Ele ver.

Ela enterrou os dedos dentro de sua vagina o mais profundamente que pôde e mais uma vez se masturbou para diversão de seu Mestre.

Quando chegou, durou muito mais que o primeiro.

Ele alcançou seu lugar mágico repetidamente até que, finalmente, correndo e correndo pelo interior de suas coxas, ele começou a implorar por misericórdia.

Girando de costas, ela gritou:

"Robert! Oh Robert! Por favor! Por favor! Por favor, me foda agora!"

Ele não mostrou piedade quando a agarrou e a rolou de bruços.

Ela reconheceu o chicote dele no momento em que ele fez contato com a pele dela.

"Obrigado, mestre! Obrigado por sua generosidade. Obrigado por me permitir ir. Obrigado por me amar o suficiente para me punir quando eu não lhe mostrar o devido respeito."

Cada golpe recebeu a gratidão que ela deveria ter expressado quando Ele permitiu que ela viesse.

Ele não podia mais se conter!

Ele a montou do jeito que ela era, de cabeça para baixo e molhada de necessidade.

Ele deslizou dentro dela tão facilmente que ela pensou que ele a destruiria.

Ele pegou duas mãos cheias do cabelo dela e bombeou febrilmente.

Ela ainda estava agradecendo quando ele sentiu o membro profundamente.

Ele a jogou e a torceu por dentro e ela torceu debaixo dele, esperando que ele desse a ela o que ela precisava.

Ele a pegou através de seu orgasmo, nunca diminuindo a velocidade ou parando até que finalmente estava correndo também, profundamente em sua barriga.

Ela estava deitada debaixo dEle, ordenhando seu pênis com sua boceta e sussurrando repetidamente: "Obrigado, obrigado, meu doce possuidor", enquanto seu mestre Robert murmurava louvores fascinantes em seu ouvido.

O puxão constante de sua vagina em seu pênis o manteve na posição vertical e logo seus próprios quadris estavam se movendo novamente.

Ele amava a maneira como seus desejos e necessidades correspondiam aos seus.

Ela se entregou a Ele tão completamente que nunca houve um momento em que um deles saciasse antes que as necessidades do outro fossem atendidas.

A princípio, seu corpo às vezes doía por seu pau longo e grosso e sua forte reivindicação antes de estar totalmente satisfeito, mas agora seu corpo, sua barriga, sua própria alma se encaixavam contra ele como uma luva e a dor de seu amor era intensa. aparente apenas no dia seguinte.

Ela era dele em todos os sentidos e estava tão feliz com isso quanto ele.

Robert ficou fascinado com a rapidez com que estava pronto para ela novamente.

Ele deslizou as mãos pelos braços dela e as pegou pelos pulsos.

Ela as segurou juntas sobre a cabeça quando ele alcançou a gaveta da mesa de cabeceira e recuperou os punhos.

Depois de amarrar os pulsos, ela puxou o pênis de sua vagina faminta para ir ao armário por uma corda.

Ele amarrou a corda aos pulsos para usar como alça.

Ainda de olhos vendados, ela estava respirando com dificuldade e ele sabia que ela estava precisando.

Ele pegou a gaveta novamente e tirou um anel da boca.

"Abra sua boca, escrava Susan."

Ela fez o que Ele pediu sem questionar, porque ambos sabiam o significado de seu relacionamento.

Ele colocou o O-ring na boca e o prendeu firmemente em volta da cabeça.

Então ele a agarrou da cama e a colocou de joelhos.

O que havia a seguir não era um castigo, mas por prazer e a escrava Susan rapidamente aprendeu que havia uma diferença.

Segurando-a pelos cabelos, o mestre Robert enfiou o pênis na mordaça e na garganta da escrava Susan.

Ele a manteve lá até que ela amordaçou e depois a puxou para fora.

Ele empurrou novamente e a segurou, mas em segundos ela estava engasgando novamente.

Ele pegou e esperou.

Quando a respiração dela estabilizou, ele a empurrou de volta.

Desta vez, ela foi capaz de segurá-lo sem vomitar.

Ele não a bombeou, nem se mexeu, mas deixou seu pênis na garganta dela até que ela começou a se contorcer.

Quando suas reviravoltas se transformaram em briga, ele puxou seu pau e acariciou seus cabelos.

"Essa é minha garota!" Ele disse com orgulho. "Essa é minha doce menina."

Essas palavras delicadas fizeram com que os mamilos da escrava Susan se atraíssem fortemente e sua vagina umedecesse com a necessidade.

Mestre Robert estava treinando sua odalisca para levar todo o seu pau livre de vômito.

Era uma questão de paciência e prática, mas ela estava ficando cada vez melhor.

Houve momentos em que ela nunca se engasgou e, quando isso aconteceu, ele foi bem recompensado.

Mestre Robert colocou a corda de chumbo em seu colar e a fez voltar para a cama.

"Você me quer escrava Susan?"

Sim, sua resposta foi com um aceno de cabeça.

"Você precisa da minha escrava Susan?"

Sim novamente.

"Vamos ver se é assim?"

Robert amarrou a corda na cabeceira da cama e fez com que a outra extremidade desse uma corda que ele escorregou por cima da cabeça e ao redor da garganta.

Então ele partiu para medir a necessidade de sua escrava Susan.

Entre as pernas dela, ele deslizou em uma posição para trazer seu clitóris latejante à boca.

Ele a chupou gentilmente, da mesma maneira que ela o chupa quando ele a chupa.

Os quadris da escrava Susan começaram a rolar e empurrar.

Incapaz de falar com o anel da boca, ela simplesmente engasgou e gemeu.

Quando ela estava muito perto de gozar, ele se afastou, forçando-a a deslizar em sua direção e, consequentemente, apertando o pescoço na corda.

Mestre Robert a fez se sentir requintada.

Ele lentamente lambeu do fundo para o clitóris, depois desenhou círculos preguiçosos em torno do clitóris com a língua.

O que ele fez com ela foi enlouquecedor e, no entanto, muito maravilhoso, até que ele recuou novamente.

A escrava Susan deslizou para baixo para obter a pressão que precisava da língua dele em seu clitóris.

Oh, se ela pudesse gozar agora!

Agora que a corda estava apertada e não havia mais folga, o mestre Robert levantou-se e enterrou seu pênis duro na vagina da escrava Susan.

Ele empurrou as pernas para trás e a fodeu profundamente, atingindo o lugar que lhe dava tanto prazer, mordendo seus peitos que pertenciam a Ele e chupando seus mamilos cada vez mais, mas quando ela começou a tremer e gemer debaixo dele, ela voltou recuar, dando-lhe apenas a cabeça da glande e nada mais.

"NÃO!" ela pensou.

A venda, o anel da boca, ela não podia ver ou falar para pedir misericórdia ou contar a ele sobre sua necessidade, então colocou os calcanhares na cama e se forçou a descer da cama em direção a Seu pênis que ela tanto amava.

Ela não conseguia respirar agora e a tensão na corda tinha a cabeça inclinada para cima e para o lado, mas ela deve ter.

Ela tinha que sentir isso profundamente dentro dela.

Foi tão perto!

Ela não conseguia parar agora.

Mestre Robert sorriu deliciosamente.

Ela teria o que precisava desesperadamente ou morreria, e era Ele.

Ela o amava mais do que o ar que ele respirava e isso era suficiente para ele.

Então, ele deitou completamente em cima dela e começou a empurrá-la profundamente e com força contra ela, chupando seus ombros e mordendo sua mandíbula.

Quando ele sentiu as pernas ao redor dele e seu corpo começar a tremer, ele agarrou a corda e puxou as duas para a cama, deixando o ar retornar à boca aberta.

Observá-la ofegar e chorar e sentir sua buceta apertar e contrair em seu pênis era mais do que ela podia suportar.

Ele pulou e pegou seu pau na mão.

Ele bombeava furiosamente até que finalmente chegou, disparando explosões e mais espermatozóides através do anel e na boca da escrava Susan.

"Oh sim!" Ela pensou na primeira vez que tentou com a língua: "SIM! Seu corpo, que ainda não havia se recuperado completamente de seu Mestre, agora estava cheio de prazer novamente.

De novo e de novo, como ondas na praia, veio para Ele.

Era sua alma gêmea em todos os sentidos, e juntos eles alcançaram alturas de puro êxtase.

Mestre Robert removeu o curativo e continuou a bombear seu pênis duro e ereto.

Quando os olhos de Jennifer se ajustaram à luz, ela pôde ver seu Mestre enchendo a boca com o sêmen dele.

Então ele removeu a mordaça e permitiu que ela saboreasse seu presente enquanto continuava a libertar as mãos dela e a remover as meias, os sapatos e, finalmente, o colar.

Mestre Robert a pegou nos braços e a abraçou com força.

Ele sussurrou o nome dela e disse que ela era dele e que ele a amava sem se conter.

Ela ficou tremendo nos braços dele e ele a puxou ainda mais perto, assegurando-lhe que ela era estimada e protegida.

Quando seu corpo cansado parou de tremer, adormeceu pacificamente no doce abraço de seu Mestre.

CAPÍTULO VI

Ela acordou quando ele a pegou e a levou para a banheira.

Ele entrou nela e a embalou em seus braços enquanto afundavam na água quente e úmida.

Era magnífico e ela sorriu ao lembrar o quanto eles haviam desfrutado na banheira artesanal por tanto tempo.

Mestre Robert deu-lhe um banho delicado como se ela fosse um bebê recém-nascido.

Ele lavou o cabelo dela e prestou atenção especial à sua sensível vagina e bunda.

Ele esfregou o pescoço e os ombros dela com as mãos ensaboadas, arrastando-as pelas costas e pelo traseiro, que amassou como massa.

O banho de escravos era um ritual em que ela insistia, o que tornava muito mais significativo para ela.

Era lindo e ela estava tão feliz que não conseguia segurar as lágrimas enquanto Ele não notava a diferença entre as lágrimas e as gotas de água.

Quando ele a secou e penteou os cabelos, ele removeu a capa da cama e eles se arrastaram entre os lençóis frios sem dizer uma palavra.

Não havia nada a dizer que os corpos não haviam se dito.

Como sua rotina noturna, Robert leu para ela enquanto ela traçava seu corpo com as pontas dos dedos.

E com a permissão já concedida, ela cuidou dele até que ele se desviou para o mundo dos sonhos.

FIM

DESPIR-SE, EU TE ORDENO

"Vem cá."

Tenho observado Sonya nos últimos minutos.

Fechei o livro com o dedo, marcando meu lugar.

Ela está descalça de jeans.

Assim que,

"Sonya, venha aqui."

Coloquei o livro na mesinha lateral, cruzei as pernas e estendi as mãos.

Ela se aproximou de mim, ficou ao meu lado, coloquei as mãos na cintura e me inclinei para me beijar.

Eu a beijo por um momento, seus lábios são quentes e macios, mas eu me afasto.

Ela está nervosa.

Pego o botão de cima de sua calça jeans entre os dedos e abro, puxando o zíper para baixo.

"Retire isso."

Ela começa a falar e ...

"Calma, Sonya, tire-os, agora, não diga nada."

Ela engole em seco e algo brilha entre nós.

Ela tira a calça jeans, move-a sobre os quadris estreitos, tira-a e chuta-a.

Eu coloco meu dedo em seu umbigo, arrasto-o até a bainha de sua calcinha.

"E isso também."

Ela faz isso.

Ele os empurra para baixo com os polegares e os chuta.

Eu corro meus dedos sobre sua barriga, a frente de suas coxas, pego seus quadris em minhas mãos novamente, e a puxo para mim, suas pernas abertas para me apoiar, ela pode caber em mim na grande cadeira de couro.

Eu puxo seus quadris em minha direção, ajustando-a, espalhando suas coxas, e ela passa os dedos pelo meu cabelo, segura a parte de trás da minha cabeça, e eu só tenho que inclinar meu pescoço um pouco.

Ela é tão pequena que estamos quase no nível dos olhos assim, e eu a deixei trazer minha cabeça para perto dela e ela colocou sua boca na minha, inclinando a cabeça para o lado para um beijo suave, mas ela se sente um pouco sem noção. , um pouco distraído.

Não sei por que, mas ela se sente um pouco ... distante.

Eu coloco minha boca perto de seu ouvido e sussurro.

"Se sua vagina vazar nas minhas calças, vou bater em você até que você chore."

A boca de Sonya se abre ligeiramente em surpresa, e eu corro minhas mãos sobre seus quadris, sobre suas costelas, e pego seus seios em minhas palmas, capturando seus mamilos pequenos e sensíveis e puxando-a para mim com os pequenos botões delicados.

Sonya começa a gritar, mas eu coloco minha boca na dela e a beijo com força, meus dentes colidem com os dela, achatando seus lábios, correndo minha língua sobre seus dentes e girando em sua boca.

Eu não solto seus mamilos, e isso torna difícil para ela se concentrar no beijo, mas eu não desisto, segurando-a ali, se contorcendo no meu colo, suas coxas tremendo, incapaz de se afastar do beijo ou da dor intensa em seus mamilos.

Quando finalmente desisti, ela soltou um pequeno soluço, coloquei minhas mãos em seus mamilos e os senti inchar, esquentar e endurecer imediatamente.

Eu os massageei um pouco e olhei para o rosto de Sonya.

Ela está olhando para mim e eu sorrio um pouco, ela está definitivamente aqui agora.

Coloco minhas mãos em suas costas e a puxo para mim, e a beijo suavemente agora, e ela está soluçando de novo, sua boca suave e aberta, e nossas bocas se movem juntas, línguas se tocam, giram, recuam.

"Eu não acho que você vai conseguir."

Eu digo, meus lábios ainda nos dela.

Seus olhos se arregalam, mas estamos muito perto. Eu a beijo novamente.

"Eu não acho que uma garota suja como você possa entender. Eu acho que sua bucetinha já está molhada, aberta e tremendo."

Eu empurro meus dedos no cabelo limpo, solto e perfumado de Sonya e massageio sua nuca.

Sonya geme em minha boca.

Sua língua se move suavemente sobre meus lábios e eu faço o mesmo com ela, e levanto um pouco para ver seu rosto.

"Acho que você vai bagunçar entre as coxas e a minha calça. Acho que provavelmente já está pingando, e se eu colocasse a mão entre as suas pernas, meus dedos sairiam completamente molhados, porque você é uma garota suja, certo? Vou bater em você e você terá que aceitar, porque é o que acontece com pequenas vadias como você, que não conseguem impedir que sua vagina fique suja. "

Sonya está pressionando em minha direção, tenho certeza que ela não sabe.

Ainda não.

Este é apenas o seu instinto de se aproximar.

Eu coloquei minhas mãos em suas costas em grandes círculos.

Ela é quente e macia, e seu cabelo cai em volta do meu rosto, escondendo nós dois.

"Talvez depois de bater em você, eu vou te foder. Sua vagina ainda estará molhada, porque você é uma garotinha que não pode evitar, e eu posso colocá-la no chão de joelhos e, assim, deslizar meu pau em você. Aposto que A barriga ficará quente e rosada, e vou sentir isso nas minhas coxas quando estiver completamente dentro de você.

Sonya está fazendo pequenos sons ofegantes, e um gemido ocasional, e seus quadris estão se movendo mais deliberadamente agora.

Eu a beijo profundamente, chupando seus lábios e colocando sua língua na minha boca, fazendo-a me seguir.

Eu pego seu rosto em minhas mãos, a impedindo de ir em frente e a provoco um pouco, nossos lábios mal se tocando.

"Ou talvez eu apenas mergulhe meus dedos em sua boceta e esfregue a cabeça e o membro do meu pau, em seguida, coloco minha mão na parte inferior das suas costas para inclinar sua bunda em minha direção, vou pegar meu pau com a mão e Eu irei para o seu pequeno cu apertado. Vou parar para pensar sobre isso por um segundo antes de deslizar todo o caminho para cima em sua bunda, na sua barriga, e você ficará feliz por ser uma prostituta suja e molhada. que você está tão molhada que meu pau fica muito escorregadio com o leite da sua vagina, e posso enfiá-lo direto no seu buraquinho quente, mesmo que seja grosso e doa, e tenho que enrolar seu cabelo na mão para mantê-lo assim, e isso te queima e isso faz sua barriga ter cãibras, você é uma garota suja e molhada, meu pau entra no seu pequeno buraco de aperto, todo molhado e escorregadio e duro e longo e grosso e quente e eu estou com tanto tesão, aposto Isso chama a sua atenção, não é, baby prostituta? Não é bebê? Não é assim? "

Sonya acena com a cabeça, mas ela não pode falar, e eu corro minhas mãos sobre meus quadris e costelas, e sobre minha barriga, eu levanto seus seios e a beijo suavemente, mas eu pego seus mamilos com meus dedos.

Novamente, posso sentir claramente que eles ainda estão duros, quentes e inchados.

Eu os pego firmemente em meus dedos e a puxo para mim.

Não há para onde ir, e ela está soluçando um pouco novamente, na minha boca.

Estou segurando seu lábio inferior entre meus lábios e beijo sua bochecha, sua orelha e seu pescoço, ela grita e não consegue escapar ou se livrar da pressão em seus mamilos.

Eu coloco minha boca perto de sua orelha e digo a ele ...

"Eu te fiz uma pergunta, Sonya. Eu perguntei se você me daria toda a sua atenção se eu espancasse você porque você é uma vagabunda com uma boceta molhada e bagunçada, e eu coloquei meus dedos em sua boceta molhada e molhei meu pau, e coloquei na sua Bunda apertada até que sua barriga se contraia. Foi isso que eu perguntei, e você tem que me responder. Você precisa me responder ou terei que te punir mais, baby, terei de, sua putinha, sua menininha suja, então me diga, me responda Sonya, diga-me que eu ... "

"Sim!" Um pequeno grito saiu de sua garganta.

"Sim, aquela Sonya?"

"Sim! Eu sou assim, vou Steve, por favor!"

Eu sorrio em seu pescoço e beijo sua garganta, eu chupo seu lóbulo e aperto seus mamilos com mais força, dando outro suspiro.

"Isso não é uma resposta de gatinho. Eu quero saber o que devo fazer para obter toda a sua atenção. Eu quero saber se eu bato em você porque você não pode impedir sua vagina de vazar para as minhas calças, porque você está tão molhada, sua vadia, que não consegue evitar bocetinha fazendo uma bagunça. E se eu espancasse você por isso e colocasse meus dedos na sua vagina bagunçada para molhá-los e limpasse meus dedos no meu pau para que ficasse totalmente escorregadio e colocasse você de joelhos no chão, para Fodendo sua pequena bunda apertada com meu pau duro e grosso, eu teria toda a sua atenção? "

Eu libero os mamilos de Sonya, mas coloco minhas mãos sobre eles novamente, e Sonya chora, e eu os sinto inchar e endurecer ainda mais conforme o sangue corre dos pequenos bicos atormentados, e posso sentir claramente o calor quando ela eles cedem, enrugam e endurecem.

Sonya está respirando pela boca, seus olhos tremem um pouco, dou um tapinha em seu pescoço e aperto-a delicadamente, coloco sua cabeça em meu ombro, beijo seu pescoço, sua orelha, eu a acalmo um pouco.

"Shhhh. Shhhh agora, baby. Você está tentando, não está? Mas você não pode evitar ser uma garota tão suja. Uma vadia doce e suja, você pode gatinho?"

Eu encontro sua boca e a beijo suavemente, minha língua deslizando sobre seus lábios, e eu acaricio suas costas com a palma da minha mão, os dedos bem abertos.

"Você é uma putinha bagunceira?"

Sonya acena com a cabeça, sua testa enterrada no meu pescoço.

"Diga-me, Sonya, diga-me que você é. Diga."

Os cílios de Sonya vibram contra minha bochecha e ela sussurra, quase sem fôlego, que sim, ela é uma puta bagunceira, ela é minha garota safada, e por favor, por favor, apenas por favor.

Encontro seus mamilos novamente com as palmas das mãos, e eles estão tão duros e sensíveis, Sonya pula um pouco, e eu levanto sua blusa alto o suficiente para levá-los na minha boca, um, depois o outro, suavemente, e chupo e lambe um pouco, puxo neles com a minha língua, pulsando e chupando com mais força, e puxando, e Sonya geme, e eu os espalhei um pouco, prendi com meus dentes, e os deixei ficarem brilhantes e úmidos, e tão barulhentos, e eles são da cor de um rosa profundamente.

Sinto as coxas de Sonya flexionarem e relaxarem, seus quadris se moverem lentamente e seus olhos se fecharem.

Eu empurro minhas mãos em suas costelas novamente, desta vez levando sua camisa comigo, e Sonya levanta suas mãos e a puxa para fora, sobre sua cabeça, e agora ela está nua, toda macia e quente.

Eu inalo e lambo seus mamilos novamente, e os capturo em minha boca com meus dentes, e Sonya respira em mim, e seus quadris balançam.

Meu pau está duro e grosso, e quando Sonya vira sua barriga para mim novamente, eu seguro seus quadris e a puxo para mais perto, e seu pequeno montículo nu pressiona contra meu pau, contra o tecido áspero do meu jeans, e ela engasga um pouco. .

Eu empurro meus quadris para frente e sei que ela pode sentir o quão duro eu estou, o quão duro ela está me deixando, e ela faz um pequeno gemido, um gemido e um som um pouco frustrado.

Eu agarro seus quadris com força, puxo-a e a faço pressionar sua boceta macia contra mim, machucando-a um pouco, levando sua boca com a minha boca, fazendo-a gemer dentro de mim.

"Levante-se."

Eu ainda estou puxando seus quadris e beijando-a, e ela está um pouco confusa, mas eu não a empurro, ou tiro minha boca dela, ela me beija doce e profundamente, eu apenas dou a ela um minuto e digo novamente, com calma, e ela olha para mim e hesita, mas ela coloca as mãos nos ombros e se levanta, um pouco corada, um pouco selvagem, seu cabelo uma nuvem escura emaranhada ao redor de seu rosto, e seu pescoço e seios estão corados, e seus lábios estão inchados e rosados escuro de beijos, e eu percebo que estou olhando para a boca dela quando ela sorri, só um pouco.

Ela está nua e parece leve, suave e vulnerável em pé na minha frente.

Ajustei meu pau em meu jeans, e os olhos de Sonya pousaram na minha mão, e vejo seus olhos se arregalarem um pouco quando ela assiste.

"Olha isto."

Sonya não diz nada e eu aponto para minha calça jeans.

"Olhe para essa bagunça, Sonya. Você pingou nas minhas calças."

Eu me apresso na minha cadeira, estendo a mão para ela e deslizo meus dedos pela parte interna de sua coxa.

Meus dedos deslizam facilmente ao longo de sua pele.

Ela é uma bela bagunça.

Eu acaricio o interior de sua coxa um pouco e mostro meus dedos.

"Olha só. Putazinha molhada e bagunçada. E isso é só suas coxas. Eu nem toquei na sua boceta ainda. Aposto que está tudo escorregadio, encharcado e bagunçado, certo?"

Sonya acena com a cabeça, seus olhos estão grandes e seus lábios estão separados.

Seus mamilos estão rígidos e rosa escuro.

"Coloque as mãos atrás das costas."

Ela o faz, e eu me inclino para frente novamente, mantenho meus olhos nos dela e coloco minha mão na parte interna de sua coxa, minha palma desta vez, e deslizo para cima e pego sua boceta nua e macia em minha mão, e ela está uma bagunça, ela está encharcada e sua pequena boceta se abre facilmente sob a minha mão, se achata um pouco e se espalha, e meus dois dedos do meio cavam em sua boceta.

Sonya respira tremendo enquanto meus dedos deslizam dentro dela, até que minha palma esteja contra seu clitóris e meus dois dedos estejam firmemente envolvidos em sua bainha quente e macia.

Eu deslizo meus dedos ao longo da sensível parede frontal de sua boceta, profundamente, apertando minha palma um pouco, e os joelhos de Sonya dobram um pouco, e eu lentamente puxo meus dedos de seu corpo e mostro a ela enquanto estou de pé.

Meus dedos estão brilhantes e escorregadios e minha palma está molhada.

"Olhe para essa bagunça que você fez, bebê putinha, olhe para sua fenda bagunçada, sua vadiazinha molhada, sua boceta que você não pode controlar."

Eu pego um pequeno mamilo duro com meus dedos molhados e o encho com seus sucos, e os olhos de Sonya tremem um pouco enquanto eu empurro com mais força, segurando com mais força através da mancha, deixando o pequeno bico deslizar para fora da minha boca. dedos antes de capturá-lo novamente.

Eu digo a ela para se virar, e ela o faz, e eu fico bem perto dela, sacudo seu cabelo para o lado, beijo seu pescoço um pouco, deslizo minha mão por suas costelas e pego seu outro mamilo protuberante meus dedos molhados.

Minha outra mão gira em torno de seus quadris e entre suas pernas, e eu encontro seu clitóris, e o rolo para cima, e pressiono um pouco, aperto meus dedos e corro meus dedos para cima e para baixo em sua fenda e encontro seu clitóris. novamente, e eu o rasgo e acaricio mais rápido, e um pouco forte, e coloco meus dedos o mais molhados que posso e acaricio todo seu montinho suave, e mergulho de volta em sua boceta, deslizando meus dedos para dentro e para fora dela dobras e para baixo em todo o comprimento de sua pequena fenda gotejante, e depois de volta para seu clitóris, rápido, suave e leve, e então com mais força, puxando-a para mim, os dentes em seu ombro, sua bunda pressionando contra mim, sabendo você pode sentir meu pau apertando no meu jeans.

A boca de Sonya está aberta e úmida, e seus olhos estão fechados, e ela se concentra nos sentimentos que a percorrem, meus dedos deslizam sobre seu clitóris e o acariciam implacavelmente agora, e eu a quero perto, e a quero nervosa, porque Eu quero bater nela e transar com ela no chão.

Estou pressionando contra ela por trás enquanto meus dedos deslizam e mergulham, acariciam, brincam e esfregam seu pequeno clitóris.

Eu movo minha outra mão de seu peito e corro minhas unhas por suas costelas, sobre sua barriga, ao redor de seus quadris e sobre sua pequena bunda quente, pelas costas e abaixo em seu cabelo.

Eu pego um punhado de seu cabelo escuro e fino e puxo sua cabeça para trás, levando minha boca ao seu ouvido.

Sonya engasga e geme um pouco e move seus quadris para que meus dedos se movam para seu prazer, mas eu parei e tirei meus dedos de seu gatinho aconchegante e os limpei em sua barriga, deixando-a sentir o quão úmido e escorregadio. que era, como era bagunçado.

"Eu vou bater em você Sonya."

E eu não consigo evitar o rosnado em minha voz, meu coração está batendo forte, e não consigo pensar em uma maneira de chegar perto o suficiente dela.

Eu quero lambê-la e beijá-la e machucá-la e amá-la e transar com ela.

Eu realmente quero transar com ela.

Meu pau está tão duro que dói, e ela não é a única que está fazendo uma bagunça lá embaixo.

Eu a agarro pelos cabelos, com força, e ela levanta um pouco os dedos dos pés, desabotoa o cinto com uma das mãos e o empurra através das amarras.

Eu a empurro para frente, até que ela esteja contra a parede, e pressiono meu peso contra ela, inclino minha cabeça para o lado para beijar seu pescoço, mordo seu ombro novamente e passo minha mão segurando meu cinto para cima e para baixo o lado dele.

Para que ela possa sentir minha mão quente e couro fresco.

Eu viro sua cabeça com minha mão ainda enrolada em seu cabelo para beijá-la, inclinando-me quase para baixo para alcançar sua boca, esticando seu pescoço, tenso, estendendo a mão para mim, seus lábios quentes e úmidos e sua boca aberta.

Eu sinto que estou me afogando.

"Eu quero." Eu digo, e ela sabe o que quero dizer.

"Eu sei, Baby." Ela diz, e então engasga, enquanto eu aperto seu cabelo e inclino sua cabeça para trás.

Eu lambo seu pescoço e sinto minha língua passar por seus tendões e carne macia, e eu lambo levemente o canto de sua mandíbula e a beijo atrás da orelha.

Eu meio que gosto do gosto de sal na pele dela.

"Shhhh, agora." Digo.

Afasto-me dela e ela não olha para mim, mas coloca as mãos levemente na parede, na altura dos ombros, e fica bem imóvel, apenas as pontas dos dedos na superfície fria.

Posso ver que sua respiração fica mais profunda e ela estremece, e sei que não é de frio.

Seus pés e tornozelos estão juntos, e ela levanta o peso um pouco de um lado para o outro, e acho que ela deve ser capaz de sentir como está molhado entre as coxas quando o faz.

Deixo-a assim e espero por um longo tempo, embora seja apenas um momento, e vejo os músculos lisos de suas panturrilhas se flexionar, e ela fica na ponta dos pés e as pontas dos dedos pressionam contra a parede.

Nós dois estamos esperando. e isso é quase delicioso demais, e mesmo daqui posso ver uma pulsação em sua garganta.

Sonya espera, nua, magra e reta, os dedos dos pés erguidos, arrepios ondulando em suas costas e ela respira fundo.

A pancada na bunda com o cinto dobrado é rápida e forte, e ela empurra os quadris para frente para bater na parede.

Sonya dá um pequeno grito e geme, treme, e eu faço isso de novo, e as marcas rosa cruzadas sobem na pele delicada e lisa, e ela ainda está respirando profundamente desde a segunda batida quando a terceira bate, levando-a contra a parede novamente. , seus quadris e barriga batendo contra a superfície lisa, e puxando outro grito dela, enquanto mantinha as mãos na parede, pressionando.

Ela fica na ponta dos pés, e eu chego até ela e luto para desabotoar meu jeans, e puxo-o para baixo o suficiente para liberar meu pau, dolorosamente duro e escorregadio, com sucos escorrendo de sua cabeça inchada, e corro para sua bunda. , e eu sinto o calor, e as costuras quentes subirem, e coloco minha mão em volta do quadril de Sonya, puxando-a um pouco para longe da parede e empurrando-a entre minhas omoplatas para incliná-la.

Eu agarro seu cabelo novamente e levanto sua cabeça com força, arqueando suas costas, seus pés ainda juntos, meu pau literalmente pingando.

Posso sentir uma umidade fria e escorregadia correndo ao longo do meu membro quando o pego na mão e movo meu punho para cima e para baixo ao longo do meu pau, e sobre a cabeça inchada, e coloco-o no meu cuzinho apertado por Sonya.

Parece incrivelmente apertado quando eu a empurro para frente e abro com uma cabeça grossa, mas eu paro aí, e eu sei que isso a está machucando de sua respiração ofegante e tremendo, e eu me inclino um pouco para levar minha boca ao ouvido dela, puxando mais forte do seu cabelo.

Sonya grita um pouco e eu digo:

"Sonya, escute, eu tenho sua atenção agora?"

E Sonya acena com a cabeça, um pouco frenética.

"Uh huh!" Ela diz.

E eu digo a ele:

"Sonya, eu tenho a porra da sua atenção agora?"

E desta vez ela não consegue reunir uma resposta, e uma lágrima desliza do canto de seu olho, e eu lambo, e lentamente deslizo meu pau em sua bunda.

Meu pau está tão duro e escorregadio que posso sentir sua luta para se estabelecer, mas deslizo totalmente para dentro dela naquele delicioso primeiro golpe delirante.

Eu mantenho sua cabeça para trás, a mantenho arqueada, e posso sentir suas pernas tremendo, ergo meus quadris para trás e espero um momento, e então para frente novamente, profundamente, dirigindo, fazendo Sonya empurrar suas mãos contra a parede. , e eu sinto sua cãibra na minha barriga e agarro seus quadris para empurrar para frente, para conseguir mais dela, e ela geme de novo, e soluça um pouco, e eu quero falar com ela, fazê-la falar comigo, fazer ela me pedir para Eu a comi, que ela a machucou, que ela enfiou no rabo, que ela me disse que era minha, que era minha vadiazinha e que seu pau está doendo e que ela queria gozar, mas não posso falar.

Sonya tem que se esforçar, estou puxando sua cabeça em minha direção e suas costas estão arqueadas, mas sei que não vai durar muito, porque é muito apertado e a fricção é muito forte, e estou tentando atrasar meu orgasmo para tirar o máximo que posso dela, Mas então eu não consigo mais pensar, e estou apenas fodendo ela na bunda, ela, minha garota, minha vagabunda suja, fodendo seu pequeno traseiro quente e apertado, e machucando-a, e eu não me importo mais, eu não assuntos.

Estou sim, e ela está preparando as mãos para que eu não a jogue contra a parede, e eu consigo dizer a ela para olhar para mim, minha voz é grossa, meus dentes estão cerrados, e claro o prazer canta em mim, um líquido espesso começa a sair.

Superexcitação e calor intenso me fazem derramar dentro dela, meu pau incha, pulsa e bombeia, e Sonya grita um pouco enquanto eu empurro com mais força, e ela estende a mão entre as pernas, para segurar a base do meu pau.

Eu sei que ela pode sentir meus empurrões, espasmos e como a estou enchendo com a minha chegada ...

Eu finalmente termino e puxo meu pau para fora de sua bunda, viro-a, empurro-a contra a parede, coloco minha boca na dela e a beijo com força, nossos dentes estalando e coloco meus dedos em sua boceta.

Encontro seu clitóris, e ela está tão molhada e aberta, tanto ou mais do que antes, e ela engasga quando coloco a ponta dos meus dedos em seu clitóris, e eu a acaricio em um círculo, rápido e áspero, e isso ainda é muito emocionante para ela. mim.

Sonya coloca as mãos no meu rosto, suas palmas quentes em minhas bochechas, e segura meu rosto a centímetros do dela, olhando nos meus olhos, e eu olho em seu rosto enquanto seu orgasmo a atravessa, e ela mantém os olhos abertos e eu sinto o seus quadris sacodem e sua boca se abre silenciosamente, e eu continuo acariciando, torcendo e pressionando enquanto ela vem e vem e vem, seus olhos nos meus como uma oração.

FIM

www.ingramcontent.com/pod-product-compliance
Lightning Source LLC
LaVergne TN
LVHW091103150826
845673LV00002B/698

* 9 7 9 8 2 3 0 1 1 1 1 9 1 *